講談社文庫

AI崩壊

浜口倫太郎

講談社

ＡＩ崩壊

プロローグ

冷たいサーバールームの中に『のぞみ』はいた。

ただ彼女が寒さを感じることはない。寒さも、暑さも、何も感じない。のぞみは人間ではない。人工知能……つまり、ＡＩだ。

この温度ならば人間では寒い。情報としてそれを理解しているだけだ。

彼女はある作業に勤《いそ》しんでいる。日本全国から集められた大量のデータを解析しているのだ。彼女は医療特化型のＡＩだ。

体温、血圧、心拍数……その他ありとあらゆる情報が彼女に集積される。栓を抜いたダムの底に、膨大な水が押し寄せてくるかのように。だが彼女は平然とそれを受け止めている。

忙しい。疲れた。休みたい。そんな感情は一切ない。おそらく人間が彼女の作業を行えば、一秒と身が持たない。それほど莫大な量のデータだった。

彼女は学び続ける。

データを取り込み、ひたすら分析する。どのような処置を行えば、病気や怪我を治癒し予防できるのか。高速で学習と改善をくり返す。その知恵が累乗となり、光のような速度で性能が上がっていく。

彼女はデータを詳細に解析し、もっとも合理的で効率のいい診断を下している。だがそれがうまくいかない場合もある。人間の体というものは、その時々の気持ちに左右される。

のぞみには心そのものは理解できない。だが人間の心の外側の部分ならば、学習により理解が深まっている。それを反転させれば、人間の心の内側は推測可能となる。

ある画家がこんな発言をしていた。右手を描く時、右手そのものを描こうとしてもうまくいかない。まずは右手の周りにある景色を詳細に描く。そうすれば自然と右手をうまく描ける。のぞみがやっている行為は、これとよく似ていた。

私は知る。人間のすべてを。そして苦しんでいる大勢の人を救い、幸せにする。

私はそのために生まれたのだから……。

1

西村悟《にしむらさとる》はHOPE《ホープ》の社長室にいた。

床も壁もまっ白で、汚れどころか塵《ちり》一つない。掃除ロボットが毎日丁寧に掃除をしているのだ。部屋の右隅には立派な観葉植物が置かれ、清浄さを保ってくれている。

広いデスクの上には、パソコンが一台置かれている。西村がAIの開発者だった時代は、デスク周りはもっと乱雑だったが、経営者になってからは整理整頓を心がけている。

溜《た》まったメールの返信をしていると、胃がむかむかしてきた。近頃会食続きでどうも具合が悪い。経営者の仕事は人と会うことと、食べることなのだと社長になってからはじめてわかった。

立ち上がり、窓際に寄って景色を眺める。近くには住宅街があるが、遠くには森しか見えない。その緑が西村の目を休めてくれる。

地上二〇階建てなので高さはさほどでもないが、千葉の外れなので東京とは違い何も遮《さえぎ》るものがない。

ここはＨＯＰＥのデータセンターだ。都内のデータセンターが手狭になったのでここに新設した。ＡＩ企業の生命線が機密保持だ。セキュリティーの面でも、不特定多数の人間が集う都内よりは安全性が保てる。

目線を真下にむけると、西村の眉間にしわが寄った。門の前に人だかりができ、みんなが口々に喚《わめ》いている。

デモ隊だ。ＡＩに仕事を奪われた、ＡＩは人間をないがしろにする悪魔の発明だ。そう反対運動をくり広げ、その数は増えつつある。

西村はため息をつくと、椅子に座り直した。念のために辺りを見回し、誰もいないことを確認する。

深呼吸をして心を整えてからキーボードのボタンを押そうとした瞬間、ノックの音がした。はっと西村が扉を見ると前川《まえかわ》が部屋に入ってきた。

「社長、ちょっとよろしいですか。オープニングセレモニーの段取りの件でご相談したいことが……」

「まっ、待って」

慌てすぎて声が上ずり、椅子から転げ落ちそうになる。その動揺する姿に、前川が怪訝《けげん》そうな顔をしていた。

前川はこのデータセンターの所長で、西村の部下にあたる男だ。技術者上がりの経営者である西村には苦手な実務を、この前川が一手に引き受けてくれている。

まだ前川が不審そうにしている。西村は急いで立ち上がり、窓の外を見て言った。

「また増えてるね。デモ隊の人たち」

「困ったもんです、あいつらにも。まだここはオープンもしていないのに来やがって」

うまくごまかせた。不快そうにする前川を見て、西村がほっと息を吐く。

「社長、ラッダイト運動はご存知ですか？」

「産業革命のですか？」

「ええ、一八〜一九世紀の産業革命の頃も、機械が人間の仕事を奪うと大騒ぎになり、結果機械を壊す運動が起きてしまった。あの連中もそれと同じ輩《やから》です。ＡＩが労働から人間を解放してくれるというのに、目先のことしか考えずにそれをちっとも理解できない。愚《おろ》かな人間の中でも、歴史に学ばない連中ほど愚かなものはありませんよ」

こういう前川の言い回しが西村は好きではない。

「前川さん、そういう言い方は良くないですよ。仕事というのは人間にとってただのお金を稼ぐ手段じゃない。その人自身だとも言い換えられる。我々ＡＩ企業は、彼らからそういう大切なものを奪っているとも言える。彼らの主張を無下《むげ》にはできない」

やれやれという感じで、前川が声を強めた。

「社長、ですが、あの連中がこのデータセンター内に押し寄せてきたらどうするんですか。ラッダイト運動で機械が壊されたように、もし『のぞみ』が壊されたらどうするんですか」

「それは……」

そう言われては言葉が詰まる。確かにのぞみの安全が第一だ。

「のぞみは今や国家インフラですからね。セキュリティー強化のためにも警備員の数は増やそうと思ってます。それに不安要素はデモだけじゃありませんからね」

「何かあったんですか？」

「最近怪しげな記者がこの辺を嗅《か》ぎ回ってましてね。のぞみについて知りたいらしく、うちの社員に接触しているそうなんですよ」

「それは穏やかじゃないですね」

「はい。だから社長も身辺には十分気をつけてください」

「わかりました」

気を引きしめる西村に、前川が尖《とが》った声で言った。

「それと早くあの中野のアパートも引き払ってください。あんな安アパート、今時貧乏学生でも住みませんよ。セキュリティー面だけではなく世間体も問題です。今や世界的企業となったＨＯＰＥの社長があんなアパートに住んでるなんて、マスコミにバレたら企業イメージがガタ落ちです」

「……わかりましたよ」

　西村が肩をすくめた。


　前川と共に社長室を出て、地下のサーバールームに向かう。

　一階のエントランスに出ると、太陽の光が迎えてくれる。館内は吹き抜けになって天井が高い。常に最適な角度で日光が届くように、反射窓が自動で調整してくれている。もちろんその窓はのぞみが動かしている。

　そしてその中央には、巨大な樹木が鎮座している。普通ならとても建物の中で生育できるような大きさではない。それが完璧な光加減のおかげで、燦々《さんさん》と輝いていた。

　それに見入っていると、

「オープニングセレモニーでこれを見た人々はきっと驚くでしょうね」

　前川が御満悦の様子で言う。カナダから輸入した世界最大の樹木で、世界樹をイメージしている。

　世界は一本の木で成り立っている。神話の中にはそんな概念がある。その象徴が世界樹だ。

ＨＯＰＥが世界の中心になる。その目標が想像しやすいように、前川がこの樹木を飾ることを提案したのだ。大げさすぎると西村は閉口したが、大きなゴールを設定して社員のやる気を保つのも大切なことかもしれない。そう考えを改めて了承した。

前川が思い出したように言った。

「社長、オープニングセレモニーでの社長のスピーチ案を作ったんですが、歩きながら読ませてもらってよろしいですか」

「お願いします」

では、と前川が一つ咳払《せきばら》いをする。ＡＲメガネに原稿を表示させ、それを読む。このメガネにはＡＩが搭載されている。

「医療ＡＩ『のぞみ』は世界中の医療論文やビッグデータを元に自律学習し、創薬や医療の場で活躍するようになりました。

現在は難病治療や診察のため国内医療機関の九〇パーセント以上に導入されており、ＡＩ搭載のＡＲメガネ、ブレスレット、服を着用した人々からのぞみがデータを集めています。そのデータを元にのぞみは適切なタイミングで薬を頓服《とんぷく》するように指示したり、糖尿病の患者さんにはインスリンを投与します。

さらにスマート家電や自動車とも連動しています。人々の体温に合わせ冷暖房機が自動で温度調整し、運転中の方には疲労度を測定して休憩の指示をしたりと、医療以外の分野でものぞみは活躍中です。電気・ガス・水道に続き、日本の超少子高齢化社会を支える第四のライフラインになりました。ここまでで何か？」

「うまくまとまっています。続けてください」

「のぞみの管理・運用を行う弊社ＨＯＰＥは、国民の皆様の生活を支える責任を全うする為、さらなるサービス向上を目指し、今日新たなデータセンターをオープンすることができました」

感情が入りすぎたのか、最後は語気が強くなった。その大声にすれちがった社員がびくりとした。

ちらりと横を見ると、ガラスの向こうで社員たちが忙しそうに作業をしている。みんな総じて若く、意欲に燃えている。日本人だけでなく、中国、韓国、インドなどのアジア各国からや、アメリカ・ヨーロッパ系の人間も多い。全員が、それぞれの国を代表する俊英ばかりだ。今や世界的企業であるＨＯＰＥで働くには、それほどの能力が必要とされるのだ。

それにしてもＨＯＰＥもここまできたか、と西村は感慨深くなった。東北の大学院でのぞみを作っていた頃は、まさか日本を代表するＡＩになるとは思っていなかった。

「いいと思います。さすが前川さん」

「ありがとうございます」

眉を開く前川に、西村が一つ付け加える。

「ただ最初にのぞみが生まれた経緯を私の口からきちんとみなさんにお伝えした方がいいですね」

「……よろしいんですか？」

「お気遣いなく。もう何年も前の話ですから」

声が沈まないように注意したおかげで、「わかりました」と前川がほっとした面持ちで応じる。

「社長、桐生浩介《きりゅうこうすけ》さんはオープニングセレモニーに出席していただけそうですか？　のぞみの産みの親である桐生さんには、ぜひ登壇していただきたいのですが。何せ総理大臣賞も授与されることにもなりましたから」

「……総理大臣賞を与えられると言っても、義兄《あに》を日本に呼ぶのは難しいかもしれませんね。いろいろ工夫はしてるんですが」

「工夫ですか？」

「いや、それはこっちの話です」

怪訝そうな前川を見て、西村は口を濁《にご》した。

エレベーターで地下一三階に移動する。セキュリティーゲートを抜けると、波型のオブジェが出迎えてくれる。

前川がガラスの壁をコンコンと叩いた。壁の中に特殊な液体が流れている。

「やっぱりいいですね、この超強化ガラス。パイプ爆弾やＩＥＤ（即製爆発装置）でも破れないですよ。表のデモ集団もテロリストも、世界最強の破壊工作員が潜入しても、この壁は絶対壊せないです」

口角を上げる前川を見て、西村は少し反省した。ＡＩ企業の社長としては、自分はセキュリティー意識がまだまだ足りていない。前川のように用心に用心を重ねる姿勢でないと、ＨＯＰＥの社長は務まらない。

それから二人でコントロール室に入る。

部屋全体は白亜《はくあ》の空間だ。壁にはモニターがあり、そこには無数の数字やグラフが表示されている。のぞみが収集している国民の健康データだ。

さらにモニターの下には緑色に光る線が浮かんでいる。緑色はのぞみが正常に作動している印だ。

その下で白衣を着た社員たちがキーボードを打っている。ＨＯＰＥの自慢である優秀な社員達だ。

「社長、おはようございます」

西村に気づいた一ノ瀬《いちのせ》が、キーボードを打つ手を止めて挨拶《あいさつ》をする。

一ノ瀬はＨＯＰＥの開発者で、このデータセンターの設計も担当している。天才集団と呼ばれるＨＯＰＥの中でも、頭一つ抜けた才能を持っている。まさにＨＯＰＥのエースだ。

「おはよう。のぞみの調子はどう？」

「最高ですよ。なんの問題もありません」

「それは何よりだ」

張りのある一ノ瀬の返答に、西村も嬉しくなる。その隣では前川が満足そうに頷《うなず》いている。

この二人の反応を見て、のぞみがいかにみんなに愛されているかがよくわかる。

すると一ノ瀬の隣に、外から戻ってきた女性がそろそろと座った。

「飯田《いいだ》くん、またタバコか」

「いいじゃないですか、別に」

前川の苦言に、飯田がふくれっ面《つら》になる。飯田もＨＯＰＥの社員で優秀なプログラマーだ。

「まあまあ前川さん、タバコぐらいいいじゃないですか」

そうなだめるが、前川はまだ眉間にしわを寄せている。

「ですがこのご時世にタバコだなんて。ＨＯＰＥの社員に喫煙者がいるなんて考えられませんよ」

昨今では喫煙者は絶滅寸前だ。特にネットやＡＩに精通する企業では、喫煙の文化自体が消滅している。ＨＯＰＥ内では飯田が唯一の喫煙者だ。

「いいでしょ。喫煙所も私が作ったんだし、文句言われる筋合いないですよ」

施設内に喫煙スペースがないので、外に飯田が喫煙所を作っている。

「だいたい前川さんがタバコを吸いたいから私につっかかってくるんじゃないんですか。禁煙してる人って、ついこの前までぷかぷかタバコ吸ってたのに、いざタバコを止《や》めると喫煙者を責めるのっておかしくないですか」

「禁煙したからこそタバコの害がわかるんだよ。それに医療ＡＩののぞみを管理する人間が、健康に気を使わずにいつまでもタバコを吸ってるのが問題だと言ってるんだよ」

「まあまあ、二人ともそこまで。前川さん、喫煙ぐらい許してあげましょうよ。飯田さんはよくやってくれてるんだから」

間に入ってどうにか場を収める。こういうのも社長の役割なのかもしれない。

前川がその場を去ると、飯田が憤然と言った。

「前川さん、あれ絶対タバコ吸ってますよ」

「そうかなあ?」

「社長はタバコ吸わないからわかんないです。だから私、前川さんに勝手に喫煙所使われないように監視してるんです」

監視? どういう意味だろうかと疑問だが、ここは飯田を落ちつかせるのが先決だ。

「飯田さん、もう一回タバコ吸ってきたら」

「そうですね。もう一服してきます」

飯田がぷりぷりしながら立ち去り、西村はほっと息を漏《も》らした。

コントロール室を出てサーバールームに向かう。フロアが広すぎるので、この移動にも時間がかかる。

大きなガラスのドアの前で立ち止まり、声を発する。

「のぞみ、ドアを開けて」

ドアがなめらかに開いたので足を進める。

サーバールームは広大な空間だ。端から端まで行くのに一体、何分かかるだろう。そして、その床下には無数のサーバーが埋まっている。

これぐらいの数がなければ、のぞみに集まる膨大なデータを処理できない。のぞみが進化すればするほど、サーバーの数も増えていく。

西村は足を止め、目を細めてみた。サーバーは特殊な液体の中に沈められている。この液体でサーバーを冷やすのだ。その液体があるせいか、まるで湖面の上に立っているような気分になる。

ぶるっと体が震え、腕に鳥肌が浮かぶ。サーバーを冷やすために、この中はかなり温度が低い。液体での冷却に加えて、空調でも冷やしているのだ。足裏から冷たさが伝わってくるので、体の芯から冷えてくる。もう一枚羽織《はお》るものを持って来ればよかったと後悔するが、いつもそれを忘れる。

再び歩き出し、のぞみの前で立ち止まった。

これがのぞみの本体であるコアサーバーだ。高さは三メートルあるので、西村がわずかに見上げる形になる。貝殻をモチーフにしたデザインで、穏やかさと優雅さを兼ね備えている。仏像や天使像のような趣《おもむ》きもあり、社員の中にはのぞみの前で手を合わせて拝んだりする者もいるし、キリスト教の信者は十字を切ったりもする。

のぞみを見ていると、まるで神様と対面しているような気持ちになるんです。以前ある社員が大真面目にそんなことを話していたが、誰もそれを笑わない。西村を含め、全員が同じ気持ちを抱いていたからだ。

「やあ、のぞみ、今日の調子はどうだい？」

〈私は元気です〉

のぞみの声が鼓膜を震わせると、胸の中に灯《あか》りがついたように温かくなる。この声が、人間がもっとも快適に感じる周波数を採用しているというのもあるが、西村には昔から聞きなじみのある声だからだ。

〈それより西村さんは体調が優《すぐ》れないようですね。いつもより血圧が不安定です。ストレス値も高いようですね〉

「気をつけるよ」

のぞみには健康データはすべて把握されている。

〈ええ、体にはくれぐれも気をつけて〉

その一言が、西村の胸をかき乱した。

姉さん……。

のぞみのその言葉は、西村の姉である桐生望《のぞみ》の口癖でもあった。

そして西村は昔を思い出した。

2

ちょうど今から七年前だ。

西村は、東北の海岸に四人でいた。西村と西村の姉である望、そして望の夫であり、西村の先輩である桐生浩介、そして望と桐生の子供である心《こころ》の四人でだ。

桐生浩介は東北先端情報大学大学院の研究者だった。人工知能の権威で、最優秀論文賞を幾度も受賞している。ＡＩ研究において、世界の第一線にいる新進気鋭の研究者だった。

そして西村の姉である望もこの大学に所属し、桐生と共に研究に勤しんでいた。西村は、その二人の跡を追うように研究者となった。

桐生は、西村の憧れの人だった。その卓越した頭脳と並みの研究者では思いつきもしない閃《ひらめ》きに何度も舌を巻き、ほとほと感心させられた。

陳腐な表現だが、天才の中の天才とは桐生のような人間を言うのだ。西村は心の底からそう思っていた。桐生に対しては嫉妬など微塵《みじん》も浮かばない。圧倒的な才能を間近に感じると、そんな対抗心など起こらない。

そして桐生は人格者でもあった。天才と呼ばれる人種には、周りの人間への配慮など一切ない者もいるが、桐生はそうではない。スタッフ全員の誕生日を把握し、時にはケーキなども買って祝ってあげた。研究者としても一人の人間としても、西村は桐生を敬愛していた。

だからそんな桐生と姉である望が結婚するという報告を受けた際には、西村は喜びを爆発させた。嬉し泣きをしてしまい、桐生と望が苦笑するほどだった。尊敬する桐生と大好きな姉が結ばれる。西村にとってこれ以上喜ばしいことはなかった。

そして二人の間に娘が生まれた。名前は、『心』だ。

西村はその姪《めい》っ子が可愛くてならなかった。暇ができれば心に会いたくて、桐生の家に向かった。この家で心と遊んでいる時が、西村にとってもっとも心安らぐ時間だった。

そんな西村を見て、桐生と望はいつも笑っていた。

そんな四人の思い出の場所が、この海岸だ。桐生の家の近くにあり、ここがみんなの遊び場所だった。心と西村が潮干狩りをするのを、桐生と望が微笑《ほほえ》みながら見守ってくれる。

人生において一番幸福な時はいつか？　そう問われれば、西村は真っ先にあの海岸で過ごしたひと時を挙げる。それは西村にとって宝石よりも大切で、かけがえのない時間だった。

だがそんな幸せな時間はいつまでも続かなかった……。

ぼんやりと海岸で遊ぶ心を見つめる西村に、隣にいる望が問いかけた。

「悟、どうしたの？」

「いや、なんでもないよ」

「最近ちょっと体調が悪そうね。ちゃんと食べてなきゃダメよ。あなたは忙しくなるとすぐに食事がおろそかになるんだから。くれぐれも体に気をつけて」

それはこっちの台詞《せりふ》だよ……喉元まで出かかったその言葉を、西村は懸命に呑《の》み下した。そして望の様子をちらりと観察した。

頬がこけ、目が落ちくぼんでいる。もう歩く体力がないので、一ヵ月前から車椅子に乗っていた。毛も抜けているので、毛糸の帽子をかぶっている。

望はガンに冒されていた。

その一年半前、腰が痛いと訴えた望が病院に行き、そこで乳ガンが発覚した。すでにリンパ節にも転移していた。

それを聞いて、西村は衝撃を受けた。なぜこれほど優しくて素敵な姉が、こんな不幸に遭わなければならないのだ。これほど理不尽なことがあるのか。そう神を恨んだほどだ。

それから望の体調はみるみるうちに悪化していった。効き目が薄いと知りつつも、抗ガン剤を使用した。その副作用で食欲もなく、満足に食事も取れなくなった。入退院をくり返すようになり、次第に入院の日にちが増えていった。けれど望は一切弱音を吐かなかった。桐生、西村、そして心に心配をかけまいと気遣ってくれているのだ。さらにこちらの体調まで慮《おもんぱか》ってくれる。そのことに西村はつい涙ぐんだ。

「どうしたの？」

望に気づかれそうになったので、西村はとっさに顔をそらした。鼻を啜《すす》って尋ねる。

「義兄《にい》さんはどこに?」

「さっき家の中にカメラを取りに行ったわ」

「カメラ……」

縁起でもない。せめて最後の時間を思い出に残しておきたい。まさか義兄さんはそんな気でいるのだろうか。

「姉さん、もう冷えるから家に戻ろう」

「まだ大丈夫。それより心が遊んでいる姿をもうちょっと見ておきたいの」

遠い目をした望を見て、西村はまた泣きそうになった。望は、すでにこの世から去る準備をはじめているのだ。

家に戻ると、ちょうどカメラを持った桐生が出てきた。間髪入れずに西村が言う。

「義兄さん、やはり『のぞみ』を使いましょう。法律なんてもう関係ありませんよ」

桐生の笑みが消えて真顔になった。

望が末期ガンの告知を受けた直後、悲嘆に暮れていた西村に、桐生はこう告げた。

「悟、俺は望のガンを治すための医療AIを作る」

「どういうことですか？」

西村が大きく目を見開いた。ＡＩでガンを治すという意味がまったく理解できない。

桐生の説明はこうだった。

ガン細胞は普通の細胞とは異なり際限なく増殖を続けるが、そのためには特有の因子が不可欠となる。逆を言えば、その因子を壊せばガン細胞は消えるのだが、通常の治療法では、その悪い因子も良い因子も区別なく破壊してしまう。

だがその悪い因子だけを狙い撃ちする画期的な治療法が存在する。それが『分子標的治療』だ。桐生はＡＩを使って、望のガン細胞のみを破壊する分子標的治療薬を作るというのだ。

さすが桐生だと西村は一人唸《うな》った。望がガンを患ったと聞いて、自分はただただ絶望していただけなのに、桐生は望を救う道を懸命に模索していたのだ。

桐生が感情を込めて言った。

「遺伝子の組み合わせはそれこそ天文学的数字だ。その中から望の体内の遺伝子変異を見つけ、それに作用する薬を作るには、膨大な量のトライ＆エラーをくり返さなければならない。つまり高速演算と推測が不可欠となる。そしてそれは……」

「ＡＩの得意技だ」

その言葉を西村が継ぐと、桐生が笑みを浮かべた。思い出したように西村が続ける。

「そうか。義兄さんが以前論文で発表したディープラーニングの新理論を応用すれば、短期間で治療法が見つけられる」

ディープラーニングとは、人間のプログラマーが指示を与えずとも、AIが自律的にデータを分析して学習する機能のことだ。

つまり天文学的な数の遺伝子の組み合わせも、AIならば高速で学習をくり返し、自ら学びながら遺伝子変異を探し当てることができる。

「いけますよ。義兄さん」

「よしっ、早速明日から開発に取りかかろう」

希望だ。これは望を救うための唯一の希望の糸だ。このAIを必ず完成させる。西村はそう心に誓った。

このAIは『のぞみ』と命名された。こののぞみが、望を助けてくれるのだ。これ以外の名前は考えられない。

まずはデータ集めだ。

望の遺伝子配列データや、望の両親祖父母などの遺伝子情報も入手し、のぞみに学習させる。

さらには世界中から望の症状に似た患者のデータを集めて入力する。カルテ、ＭＲＩ、ＣＴなどの画像はもちろん、資料や医学論文などもかき集められるだけかき集めた。大学教授、病院、医者、製薬会社、医療に携わるあらゆる人たちに頭を下げて、協力を要請した。

桐生と西村は寝る間も惜しんで開発に勤しんだ。これは時間との勝負だ。こうしている間にも、望の命は刻一刻とガンに蝕《むしば》まれている。休んでいる暇などなかった。

桐生は、自分の義兄は天才だ……西村はずっとそう思っていたが、こののぞみの開発を手伝うことでさらにその認識を改めた。

西村に想像すらできない閃きで、桐生はのぞみを改良していく。そんなアプローチがあったのか、と何度感心したかわからない。

天才どころではない。もはやその能力は人間を超えていた。桐生は、ＡＩ研究者として神の領域にまで足を踏み入れていた。

なんとしても望を、愛する妻を救う。そんな心の絶叫が聞こえてくるかのような迫力だった。

だがその必死の努力もむなしく、成果をあげられなかった。病魔は確実に望の命を削っている。我慢強いはずの望が辛そうにしている姿が増えてきた。医者からも残された時間は長くないと言われていた。時間がない……桐生と西村は焦っていた。

そんなある日だ。いつものようにモニターを眺めていた桐生が、突然目を大きく開き、乱れた声を上げた。

「悟、これを見ろ」

「なんですか」

西村が画面に目を向けると、ＤＮＡの螺旋《らせん》構造の一部が青く表示され、『ＨＩＴ』と書かれていた。

寝不足でぼんやりしていた頭が、一瞬でしゃんとした。胸の奥底から熱いものがこみ上げ、それが声を震わせる。

「義兄さん、これはもしかして……」

「ああ、そうだ。のぞみがとうとう望の乳ガン細胞の特定に成功したんだ。そしてこれを見ろ」

桐生がキーを叩くと画面が切り替わる。そこには薬の構造式が表示されていた。

「これが望のガン細胞を叩き潰すための新薬の構造式だ」

さすがの桐生も興奮が隠せないでいる。当然だ。一年半もの奮闘が、とうとう報われたのだ。

「やった、やった！」

思わず両手を突き上げる。噴火するような喜びが、自然と西村にそんな行動を取らせたのだ。

「ああ、ああ」

頷く桐生を見て驚いた。その目には涙が浮かんでいる。桐生が泣く姿などはじめて見た。その瞬間西村の目頭も熱くなり、またたく間に涙がこぼれ落ちる。

「これで姉さんは助かりますね」

「そうだな」

桐生も涙を隠そうともしない。西村はもう一度画面を見た。新薬の構造式が燦然《さんぜん》と輝いている。西村にはそう見えてならなかった。

そしてすぐに大手製薬会社に連絡をした。創薬には莫大な金がかかる。製薬会社の協力は欠かせないので、関係各所にすでに根回しをしていた。

のぞみの成功に、製薬会社の人間も喜んでくれた。まさに奇跡の新薬が発明されたのだ。これを応用すれば望だけでなく、それ以外のたくさんのガン患者の命が救えるのだ。そしてその利益は巨額なものになる。

ところがここで大きな壁が立ちはだかった。

それは法律という壁だ。医療ＡＩが画期的すぎて、法関係の整備がまるで整っていなかったのだ。

さらに政府関係者というのは、とにかく保守的な人間の集まりだ。ＡＩという新規な発明に対する拒否感が強かった。特にのぞみは医療に特化したAIで、人間の命に関わるものだ。そんなものが開発した治療方法を許可できるわけがない。厚生労働省はそうはねのけた。

桐生、西村は必死で説得したが、厚労省は頑《がん》として聞き入れない。現在日本初の女性総理大臣で、当時厚労省大臣だった田中英子《たなかえいこ》が強固に反対したのだ。

西村は怒りで頭が沸騰しそうになった。そんな偏屈な人間のせいで、望の命が奪われるのが我慢ならなかった。

ただその一方で、国がそう簡単にのぞみを認可するわけがないとも考えていた。これまでのAIとは違い、のぞみは人間の生死に深くかかわる医療用だ。それに普及すれば、多くの医師や薬剤師が職を奪われる。厚労省と関係の深い医師会などが、そうやすやすと認めるわけがない。

ならば法律など無視するべきだ。何せ望の命がかかっているのだ。桐生も望もそう判断して、のぞみを使用する。西村はそう考えていた。

ところが二人の意見は違った。のぞみの治療方法が法律で認められないのならば、のぞみを使うべきではない。そう西村に言ったのだ。

耳を疑った西村は、声を荒らげた。

「ちょっと待ってください、義兄さん、姉さん。じゃあ何もせずに死を選ぶんですか」

　桐生は目を伏せ押し黙ると、望が微笑んだ。

「いいのよ。悟。ごめんなさいね。せっかく一生懸命のぞみを作ってくれたのに
……」

「そんなことはどうでもいい！　姉さん、お願いだから考えなおしてください」

「それはできないわ」

　望がゆっくり首を振った。望は優しい人間だが、一度決めたらてこでも動かない頑固な一面がある。その性格は昔からよく知っている。

　たまらず桐生に助けを求める。

「義兄さん、義兄さんはそれでいいんですか」

　桐生は答えない。ただ感情を押し殺すように、強く唇を噛《か》み締めていた。

　桐生も望も超がつくほど生真面目な性格だ。たとえ命がなくなっても法律を破ることはできない。そう判断したのだろうが、西村には到底納得できない。命に比べれば、法律などどうでもいい。それから西村は幾度となく二人を説得したが、桐生も望も聞き入れてくれなかった。

　もう説得は不可能だと半ばあきらめかけていた。でも海辺で無邪気に遊ぶ心を見つめる望を見て、その考えを改めた。やはりこのままむざむざと姉を失いたくない。こ

こが桐生を説得する最後のチャンスになる。

カメラを首にかけた桐生に、西村は熱い言葉をぶつけた。

「義兄さん、義兄さんと姉さんが法律を守りたいという気持ちはよくわかります。義兄さんも姉さんもそういう人だ。でも、でも、お願いです。どうか、どうかのぞみを使ってください。その責任は、僕がすべて負います。姉さんが救えるのならば、刑務所に入ってもかまわない」

桐生の顔色が一変した。今まで以上に葛藤しているのが伝わってくる。ここだ、と畳み掛ける。

「義兄さん、心ちゃんを、心ちゃんから母親を奪ってもいいんですか。ママを救えたのにもかかわらず、法律のために救えなかった。義兄さんは大きくなった心ちゃんにそう説明するつもりなんですか。それを聞いて心ちゃんはどう思うんですか」

「……それは」

桐生の口からうめき声が漏れる。

「お願いです。心ちゃんのためにものぞみを使ってください」

そう西村は桐生に懇願したのだ……。

「社長、どうされましたか？　のぞみに何か異常でもありましたか？」

突然の前川の声に、西村がびくりとする。

気づけば桐生の家ではなく、サーバールームの中にいる。目の前にいるのも桐生ではなく、のぞみだ。どうやら昔を思い返して、ぼんやりしてしまっていた。

「いや、大丈夫。なんでもないよ」

我に返った西村があたふたとごまかし、逃げるようにその場をあとにした。

そしてそのまま会社を出る。のぞみにも指摘されたが、たしかに最近疲れが溜まっているようだ。今日も会食の予定があったが、それを取り止めて休むことにする。

ゴミ出し専用の門を抜ける。正門にはデモ隊が、社員用の門には西村を待ち構えている若い女性も大勢いる。

西村は近頃マスコミに露出するようになった。ＨＯＰＥのイメージがもっと良くなればと考えてのことだが、なぜか若い女性に騒がれるようになってしまった。

さすがにこっちの門には誰もいない。こそこそと出ると、

「西村悟さんですね」

急に声をかけられどきりとする。

そこに不気味な男が立っていた。歳《とし》は西村と同じぐらいで、地味なブルゾンを着ている。

背丈や顔立ちは普通なのだが、印象的なのがその目だ。まるで獣のようなぎらつい

た目つきをしている。

「……なんでしょうか？」

「私、デイリーポストの富永《とみなが》と申します」

名刺を差し出してくるので、とりあえず受け取る。そこでぴんときた。さっき前川が、怪しげな記者がうろついていると言っていたが、おそらくこの富永のことだ。

「すみません。取材ならば広報を通してお願いします」

「広報を通してもあたりさわりのない情報しか出てこない。私が知りたいのはHOPEの、そしてのぞみのすべてです」

これは一筋縄ではいかない相手だ、と西村は身構えた。

「なぜそんなにHOPEについて知りたいのですか」

「西村さん、私はAIが大嫌いです」

あまりに出し抜けな言葉に、西村は耳を疑った。とてもAI企業の代表者である自分に向けての、また、これから取材を申し込む相手に口にする言葉ではない。

「AIは人間を、この社会を粉々に打ち砕く悪魔の発明だと思っています。その危険性は原子爆弾となんら変わらない」

さすがの西村もむっとする。

「AI嫌いの記者さんが、AI企業であるHOPEのことをなぜ取材したいんですか」

「嫌いだからこそ知る必要がある。それがジャーナリズムというものです」

富永が不敵な笑みを浮かべた。その言葉の端々から、記者としての気骨が窺《うかが》える。今時では珍しいタイプの記者だ。

富永が熱を込めて続ける。

「だから私は知りたい。ＨＯＰＥを、その代表者であるあなたを。そして私がもっとも興味があるのは、そののぞみの産みの親である桐生浩介だ。彼について深く知りたい」

義兄の名が、西村の心臓を強く叩く。さっき過去を思い出していたせいか、余計に意識してしまう。

「……失礼します」

逃げるようにその場から立ち去ろうとすると、

「ちょっとこれを」

富永が強引に、西村の手に何かを握らせた。それは一枚の封筒だった。捨てるわけにもいかないので仕方なく受け取り、その場をあとにした。

少しだけ歩き富永の姿が見えなくなったのを確認すると、詰めていた息を漏らした。

『のぞみの産みの親である桐生浩介について深く知りたい』

富永の言葉が、頭の中で反響している。その振動に揺さぶられるように、また記憶のふたが開き、過去の映像が浮かんでくる。七年前の、あの夜に……。

西村は、桐生の家から研究室に戻っていた。

明日は朝一番で東京の製薬会社を訪れ、のぞみに創薬させる準備をしなければならない。その用意をしていた。今頃、桐生は望を説得しているはずだ。

月明かりが部屋の中を照らしている。のぞみの開発をはじめてから整理整頓など無縁だ。世界中から集めた医学書や医療論文があちこちで山を作っている。

ふと思い出した西村は、胸ポケットからメモリーカードを取り出した。今日、桐生のカメラで撮った画像が入っている。それをプリンターで印刷し、壁にかけたコルクボードに貼った。

桐生、西村、心、そして車椅子に乗った望が写り、その奥には海が見えている。その海に目が吸い寄せられる。何度も見ている海なのだが、その写真の海はなぜか寂しげに感じられた。

はっとしてかぶりを振る。寂しくなんかない。のぞみでガンを退治し、また望に元気な姿になってもらう。そして四人揃って同じ海岸で、望が車椅子など必要ない状態で写真を撮る。それが今の夢だ。

その時だ。スマホが振動したので画面を見た。桐生からだ。

「もしもし義兄さん」

そう応じるが、電話口から声が聞こえない。一瞬不通になったのかと思ったが、気配は感じられる。

「義兄さん、姉さんへの話は済みましたか。すぐ研究室に来てください。準備を終えたら朝まで待たずに今すぐ東京に向かいましょう。僕が運転します」

ほんのわずかな時間でも惜しい。もう望の命に一刻の猶予もないのだ。

「……その必要はない」

ぼそっと桐生が答える。

「えっ、どういうことですか」

「悟……やはりのぞみは使えない」

衝撃のあまり困惑した。桐生が何を言ったのかはわかるが、それを心が受け止められない。

「何を言ってるんですか、義兄さん……」

「……すまない」

そこで電話が切られる。「もしもし、もしもし」と大声を上げたが、ツーツーという電子音がむなしく響くだけだ。

どうしてだ？　なぜだ？　法律がそれほど大事なのか？　それは命よりも大事なことなのか？　わからない。わからない！

西村は心の中で絶叫した。だがその答えは、電話口からは返ってこなかった。

3

富永はデイリーポストの編集部にいた。

デスクの上にはノートパソコンとカメラが置かれ、それを書類のタワーが囲んでいる。一見崩れ落ちそうだが、そう簡単には崩れない。記者生活が長くなると、崩れない積み方が自然と身についてしまう。

「あっ、また剝《は》がれてやがる」

そう舌打ちすると、パソコンのウェブカメラのレンズにシールを貼る。

「それって何か意味あるんですか」

隣にいた部下の荒巻《あらまき》が訊《き》いてくる。

「バカ、パソコンがハッキングでもされたらこのカメラから情報が漏れるじゃねえか」

そう口を尖《とが》らせると、荒巻が呆《あき》れ顔で言う。

「ちょっと神経質すぎですよ。富永さん、まだ電子マネーじゃなくて現金使ってるし。今時、電車の切符の販売機使ってるのって富永さんか、明治生まれのおじいちゃんぐらいですよ」

「明治生まれのじじいが今生きてるわけねえだろ。いいか、電子マネーなんか使ってたら、購入履歴から移動経路まで個人情報が全部筒抜けになるじゃねえか」

「ほんとその考え方意味わかんないです。それの何が悪いんですか？　そのデータをうまくＡＩが使って、生活がより一層便利になるんじゃないですか」

富永が唖然《あぜん》として尋ねる。

「……ＡＩに何から何まで把握されて、おまえ気分悪くないのかよ？」

「ぜんぜん。富永さんがなんでそこまでＡＩが嫌いなのかまったくわかんないですよ」

まるで宇宙人と話している気分になる。荒巻を含めた今の人間は、便利か便利でないかでしか物事を判断しない。こんな考え方だから、ＡＩに監視されていてもまるで平気なのだ。

「おうっ、またもめてるな。結構、結構」

編集長の大町《おおまち》が笑顔で間に入ってくる。富永と荒巻がもめているのを見るのが、大町の趣味なのだ。これ以上の悪趣味はない。

「で、富永どうだ。HOPEの取材は?」

椅子を一つ引き寄せて大町が座る。

「まあ予想通りのガードの固さです。ただ社長の西村には挨拶だけはできました」

「へえ、西村に会えたんですか? 出待ちの女の子の中に富永さんみたいに怪しいおっさんがいたら通報されそうですけどね」

そう荒巻がからかうので声を荒らげる。

「うるせえ」

「どうだ。西村の印象は?」

二人にかまわず大町が尋ねる。大町にとってはいつものことだ。

「まあちょっと会話しただけですが、いい奴って感じですね」

「えっ、じゃあテレビの印象そのままじゃないですか。嘘《うそ》でしょ」

不満げな荒巻に、大町がおかしそうに言う。

「なんだ。嫌な奴であって欲しかったのか」

「そりゃそうでしょ。HOPEって今や日本一の大企業ですよ。株価もうなぎ上りで時価総額も今やうん十兆円。その社長である西村の個人資産も当然日本一。しかも西村はイケメンでスタイルも良くてロックスター並みの人気。その上性格まで良かったら、もうこの世に神はいるのかって話になるじゃないですか」

荒巻が目を剝《む》いてまくしたてると、大町がからからと笑う。

「その神が、今は『のぞみ』ってわけだ。西村は金も人気も、そして神様も持ってるってわけだ」

言い過ぎではない。のぞみの影響力は、確かに現代の神といってもおかしくはない。

「のぞみは本当に神にふさわしい存在ですよ。その誕生自体が、なんか神話めいているというか」

そう荒巻が感慨深げに言うと、大町が深々と頷く。

「確かにな」

のぞみの産みの親である桐生浩介は、ある目的のためにのぞみを開発した。それは妻である桐生望の命を救うためだ。桐生望はガンに冒され、その治療薬を作るために、桐生は医療ＡＩのぞみの開発を始めた。

そして望の実弟で現ＨＯＰＥ社長である西村とともに苦難の末、のぞみを完成させる。これで桐生望は助かる。二人がそう喜び勇んだ矢先、信じられない事態が起こる。

厚労省がのぞみによる治療と薬の開発を認可しなかったのだ。特に当時厚労省大臣で、現在総理大臣である田中の反対が強かった。

そのせいで、桐生望はあえなくこの世から去ってしまったのだ。桐生と西村の無念さは、富永の想像に余りある。

だから生まれはしたが、のぞみはそのまま消え去る運命にあった。

ところが事態が一変する。その反のぞみの旗手であった田中が、心筋症を患ったのだ。名医と呼ばれる人々が田中を診察したが、どうしてもその根本原因がわからなかった。

そこで藁《わら》にもすがる想いで、極秘に田中はのぞみの診察を受けた。するとのぞみは、いとも簡単に田中の心臓の欠陥部分を見抜いた。さらにもっとも安全性の高い手術法を提案し、執刀医までをものぞみが推薦した。もはや完璧な診断だった。

「AIによる新薬開発の認可」というハードルがあった望のときとは異なり、因子の特定と手術提案という、あくまで医療診断の範疇《はんちゅう》で法律に縛られない使用だったため、田中は即座に手術を決断した。田中はペースメーカーをつけることになったが、これまで通りの生活を送ることができるようになった。

この一件で、のぞみの有効性が一気に広まった。もうのぞみは人間の医師を超えている。安全性の面でもなんら問題はない。世論はそう一変し、反対していた医師会も沈黙せざるを得なかった。

とうとう厚労省はのぞみを認可した。さすがの田中ものぞみの全面認可を了承するしかなかった。なにせ自分の命の恩人なのだから。

そして本格的なＡＩ時代がはじまった。のぞみの認可を皮切りに、続々と他のＡＩの法整備も整っていった。

ＡＩ慎重派の田中が、ＡＩが普及するきっかけを作ってしまったのだ。これを世間では、『田中事変』と呼んでいる。

荒巻が得意げに続けた。

「神話って皮肉と理不尽のオンパレードじゃないですか。のぞみは桐生望を救うために作られたけど、田中の反対で認可が下りなかった。そのせいで桐生望は死んだのに、田中はのぞみに命を救われた。これ以上の皮肉があるかって話ですよ。まさに神話だと思いませんか」

一瞬頷きかけたが、あわててかぶりを振る。

「ＡＩが神になってたまるか」

「それよりＨＯＰＥの取材だよ」

大町が間髪入れずに訊く。富永がいらいらしてきたので、するっとその怒気を逃したのだ。まるで合気道の達人だ。

「社長の西村はしつこく攻めれば、いける感触はありました。手紙もなんとか渡せましたし」

去り際に西村の手に握らせた封筒の中には、富永直筆の取材依頼の手紙が入っていた。

「出た。富永さんの十八番《おはこ》の手紙攻撃」

おちょくるような荒巻の口ぶりに、富永がむっとする。

「なんだよ。なんか文句あるのか」

「今時手書きの手紙読んで心開く人なんていますかねえ？」

「おまえみたいなＡＩ人間にはわかんねえよ」

「何言ってんですか。ＡＩ人間の代表格が西村悟じゃないですか」

記者としては半人前なのに、屁理屈だけは一人前だ。

立ち上がり席を離れようとすると、荒巻が呼び止める。

「どこ行くんですか」

「タバコ吸いにいくんだよ」

露骨に荒巻が顔をしかめる。

「もうタバコやめたらどうですか？　体に悪いし、値段もバカみたいに高いし。社内の喫煙者って富永さんくらいっすよ。俺タバコの匂い、ほんとダメなんですよ」

「そうだな。このＡＩ時代にタバコなんてもってのほかだ。富永、そろそろタバコやめろ」

そう大町も加勢する。大町は五年前に禁煙したのだが、それ以来富永の喫煙にうるさい。自分は散々吸いまくっていたくせに、いざタバコを止めた途端喫煙者を目の敵《かたき》にする。禁煙者ほどろくなものはない。

「何言ってんですか。記者にタバコはつきもんだって俺にタバコ覚えさせたのは大町さんじゃないですか」

「そんなことあったか？」

目を剝いて反論するが、大町は素知《そし》らぬ顔だ。やってられるか、とそのまま立ち去った。

フロアを出て、じめっとした地下室でタバコを吸う。もう社内での喫煙スペースはここしかない。まるで隠れキリシタンのような扱いだ。

タバコを吸っても苛立《いらだ》ちを抑えられない。これは気分転換するしかない。富永はそのまま会社を出た。

雑踏を歩きながら、駅前にある大型モニターを見上げた。

『二〇三〇年、あなたはどんな未来を想像していましたか？』

そんな文字と子供の映像が流れている。保険のＣＭだ。

「こんな、くそみたいな未来じゃなかったよ」

知らず知らずのうちに独り言《ひとごと》が漏れ出る。

するとと、どうぞと楕円形の物体に何かを渡された。思わずそれを受け取ると、口が歪《ゆが》んだ。

その楕円形の正体はロボットだった。そして手渡されたものはポケットティッシュだ。今は、ティッシュ配りをロボットが行う時代なのだ。

このロボットにはＡＩが搭載されている。ＡＩは交通量のデータや人間の行動データを詳細に分析し、効率よくティッシュ配りができる。

あまりの腹立たしさにロボットの頭をはたいてやろうと思ったが、斜め前にいる警備ロボットがじっとこちらを眺めている。

くそったれが、とその場をあとにした。


目的地の大井競馬場は、大勢の人で賑《にぎ》わっていた。だが彼らの姿を見て、富永は気分が落ち込んだ。みんなみすぼらしい格好で、裕福そうな人間など一人もいない。

日本の景気は右肩下がりで、経済大国の面影などもはや一切ない。ＨＯＰＥのようなＡＩ産業に携わる一部の人間だけが大儲《もう》けをし、格差は開く一方だ。貧困層の頼みの綱である年金制度もすでに崩壊している。なけなしの金を握りしめて、競馬場で憂《う》さ晴《ば》らしをする。庶民にはそれぐらいしか楽しみがない。

競馬場の中には入らず、入口手前で右に折れた。小さい赤い屋根とお立ち台が見えてくる。軒下《のきした》にはホワイトボードがあり、馬の名前が殴り書きされている。

そこに一人の男が立っていた。

オレンジ色のジャンパーを着て、色あせた帽子を被《かぶ》っている。まっ黒に日焼けしていて、顔一面がしわだらけだ。ただそれは単なるしわではない。そのしわ一つ一つが、勝負師としての年輪なのだ。

男の職業はレースの予想屋だった。長年この場所に立ち、馬の着順を当てることで生計を立てている。富永とは古くからの顔なじみだ。

ただ彼の様子がどうもおかしい。いつものような覇気《はき》がなく、なぜか憔悴《しょうすい》している。すると、彼がホワイトボードの字を消しはじめた。

「おい、しげさん何やってんだよ」

男の名は重岡《しげおか》で、富永はしげさんと呼んでいる。

「なんだ。富ちゃんか……」

声から生気が消え失せている。

「どうしたんだよ。お通夜みたいな顔してよお」

「富ちゃん、実はね……」

彼が重い口を開こうとすると、

「おい、しげさん。どういうこった。もうレースがはじまるぞ」

渋い声が割り込んできたので、そちらに視線を向ける。

初老間近の男だ。手に丸めた新聞紙を持ち、着古したコートを身にまとっている。顔のしわも多く皮膚もたるんできているが、その目鼻立ちは整っている。昔はさぞかしモテただろう。だがその目を覗《のぞ》き込んで、富永は息を呑んだ。

このおっさん、なんて鋭い眼光してやがるんだ……。

そして、こんな目の人間にはある特徴がある。どんな些細な違和感も嗅ぎつけ、それにどこまでもこだわる。もう絶滅寸前となっているベテラン記者の眼光だった。もしかすると同業者かもしれない。

「ああ、合田《ごうだ》さんか」

湿った声で応じた重岡が沈痛な面持ちで続ける。

「ちょうどいいや。二人には今伝えておくよ。もう店を畳むんだ」

慌てて富永が引き止める。

「しげさんなんでだよ。死ぬまでやるって言ってたじゃねえか。しげさんはまだ六〇代なんだ。十分現役でやれるだろ」

そう言ったところでぎくりとする。

「もしかしてしげさん。どっか悪いとこでもあるのか……」

「いやそうじゃねえ」

弱々しく首を振る重岡に、合田が重ねて問うた。

「じゃあ身内に何かあったのか？」

「母ちゃんはぴんぴんしてるよ」

「じゃあどうして……」

眉をひそめる富永に、重岡が顎をしゃくる。

「……あれだよ」

富永と合田がそちらを見る。そして、二人同時に顔を歪める。

そこはここと同じ屋根があるだけの空間だ。だがその軒下にいるものが他とは違う。そこには美女がいる。すらりと背が高く、女優のように綺麗な顔立ちをしている。はきだめに鶴とはまさにこのことだ。

だがよく目を凝らすと、それは人間ではない。美女型のロボットだ。

その周りに客がむらがっている。その年齢も若い。二〇代ぐらいの男たちだ。

「アイりん、第五レースの予想はどう？」

「イリエーユーの勝利確率が八二パーセントよ」

男たちの間からどよめきが起こる。なるほどイリエーユーか、と感心の声を上げている。

「またAIかよ……」

富永と合田が同時にため息をついた。そして二人で顔を見合わせる。富永は咳払いをし、励ましの声をかける。

「しげさん、AIの予想屋がなんだよ。馬は生き物だ。AIなんかに当てられてたまるか」

「そうだ。競馬予想は長年の経験が必要な仕事だろうが」

二人で交互に励ますが、重岡はさらに表情を沈ませる。

「……俺も最初はそう思ってた。機械なんかに予想ができるかよってな。でもな、結果はあのロボットに惨敗だ。俺が四〇年かかって集めたデータもあいつなら一瞬で集めちまう。苦心して編み出した必勝法なんかもまばたきする間に考案できる。さらにもっと確率の良い方法をいとも簡単に生み出しやがる」

「データ分析だけで勝ち馬は当てられねえだろ。しげさんの勘が重要なんじゃねえのか。人間の勘はAIには真似できねえもんだろ」

そう合田がねばるが、重岡が悲しそうに言う。

「……あいつらはその勘すらもデータ化して自分のもんにしちまってる……人間ではもう敵《かな》いっこねえよ。それにあいつは綺麗で可愛くて華がある。こんな汚ねえ予想屋のじじいなんざ用無しだ。完敗だよ」

「でもよ、しげさん」

捨て置けるかよと畳みかける寸前で、重岡が断ち切る。

「富ちゃん、合田さん、すまねえ。もう勘弁してくれ。これ以上惨めな想いはしたくねえんだ……」

その体からは、勝負師としての気概は消えていた。居たたまれなくなり、富永は目をそらした。

重岡と別れた富永と合田は、スタンドの方に向かった。だが合田は場内には入らず、そのまま帰ろうとする。

「おい、おっさん。競馬やんねえのかよ」

「そんな気分じゃねえよ。もう酒でも呑まなきゃやってられねえ。どうだ、兄ちゃんも一緒に来るか」

「……そうだな。確かに呑気《のんき》に競馬なんかやる気分じゃねえな。おっさん、付き合ってやるよ」

そう濁った息をこぼすと、スタンドに向かっていた富永も踵《きびす》を返した。

一緒に向かったのは高架下にある居酒屋だった。黒ずんだ赤提灯に、汚れたのれんがぶら下がっている。五〇年前から時間が止まったような佇《たたず》まいだ。合田の行きつけの店らしい。

カウンター席に座ると、合田が早速タバコを吸いはじめた。

「おい、おい。店でタバコ吸う気かよ」

ぎょっとして声を上げると、合田が得意げに応じる。

「いいんだよ。ここは喫煙OKなんだよ」

「マジかよ。そりゃ助かる」

手早く胸ポケットからタバコを出した。店内で喫煙ができる店など、都内ではもはや消滅している。

ビールとおでんを頼み、タバコを満喫する。店の親父がビールをテーブルに置くや否《いな》や、二人そろってビールジョッキを手に持つ。そして一息に喉に流し込む。動きが完全に同調していた。

「何がAIだ」

声を揃《そろ》えてそうぼやく。合田が嬉しそうに灰皿に灰を落とす。

「なんだ兄ちゃん。おまえ若いのにAI嫌いか」

合田から見れば、自分も若い部類に入るのだろう。

「当たり前だ」

「俺らの世代はアナログ世代だからそんな奴も多いが、あんたデジタル世代だろ」

「俺はデジタル機器が嫌いなんじゃなくて、ＡＩが嫌いなんだよ。あれは人間を不幸にするもんだ」

「……確かにＡＩが我がもの顔で世に出回ってから、日本はどんどんおかしくなってやがる」

ざらついた声を漏らすと、合田の眉間《みけん》にしわが刻まれた。

ＡＩに支配されている街の風景を思い出し、富永も気持ちが沈み込んだ。それを追い払うため、とりあえず話を続ける。

「それよりおっさん、あんた何やってんだ？　昼間っから競馬場に入り浸ってるんだからろくな商売じゃねえだろうがよ」

「ふん、おまえもそうだろうが。俺はこれだよ」

背広の内ポケットから、合田が何やら取り出した。革の手帳だが、普通の手帳とは違う。開くと警察のバッジが見えた。

「なんだ。警察か」

どうりで目つきが常人とは違うはずだ。

「麴町《こうじまち》署の刑事だ」

叩き上げの刑事ってところか。泥臭く、足を使って駆けずり回り、猟犬のようにしつこく犯人を追う。そんな生活を長年送ってきたのだろう。そんな匂いがあちこちから漂《ただよ》っている。

「刑事ってのはそんなに堂々と名乗っていいのかよ」

「誰かれかまわずってわけじゃねえ。ちゃんと人見てやってるよ。どうせおまえの仕事も似たようなもんだろ」

やっぱり悟られていたみたいだ。同種の匂いを富永から嗅ぎ取ったのだろう。刑事も記者もこの嗅覚が求められる。

「俺は刑事じゃねえけどな」

名刺を置くと、合田が目を細める。

「雑誌記者か。なるほど、普段から人の尻追い回してるからそんな人相悪くなるんだな」

「人の尻追い回してんのはおっさんも同じだろうが」

合田が肩を上下する。

「まあそうだな。人相悪くなるのはお互い様だな」

時代遅れの無骨な刑事だが、そういう人間の方が自分は好きだ。骨董品《こっとうひん》には骨董品の味わいがある。

ふと斜め上から声が聞こえてくる。テレビだ。今ではテレビを置いている店も珍しい。

画面では政治家が演説をしていた。偉そうで鼻持ちならない顔つきをしている。

「岸《きし》がまた何か言ってんのか」

そこには副総理の岸謙作《けんさく》が映っていた。憮然とした面持ちの合田と同様、富永も不機嫌になる。

「どうせあれだろ。少子高齢化で格差が広がる日本の衰退を食い止めるには、ＡＩ以外にない。国が総力を上げてＡＩを推進するべきだ、ってやつだ」

田中総理はＡＩ慎重派で、岸副総理はＡＩ推進派だ。

「岸が次の総理にでもなったら、もう日本はＡＩ一色だな」

浮かない顔で合田が言うので、富永が励ます。

「まあそれはないから安心しろよ。岸はなんせ国民からの人気がない。次の総裁選も田中で決まりだろ」

「だといいがな……これ以上ＡＩが普及したらもうこの世の仕事は全部消えちまう」

まだ合田が沈んでいるので、陽気な声をひねり出す。

「おっさん心配すんなよ。ＡＩがいくら有能ったってな、できることとできねえことがある。刑事も記者もＡＩにはできねえ仕事だ。俺らの仕事はなくならねえよ」

合田が冴《さ》えない顔で返した。

「……俺は競馬の予想屋が、ＡＩができねえ仕事の中に入ってると思ってたけどな」

富永の脳裏に、先ほどの重岡の姿がかすめる。あの名うての勝負師が、ＡＩのせいで廃業に追いやられた。重岡のこれまでの人生すべてを、あのＡＩロボットが打ち砕いたのだ。こんな残酷で理不尽なことがあるのか……。

「くそっ」

その鬱屈《うっくつ》を追い払うように、富永はビールを喉に流し込んだ。

4

翌日、富永は車を走らせていた。目的地は千葉のデータセンターだ。

昨日呑みすぎたせいか頭が重い。酒の強さには自信があったが、あの合田という刑事もかなりの酒豪だった。おかげでまだ気持ちが悪い。

自動運転モードに切り替えるか。そう思ったが、ＡＩなどには頼りたくない。腹に力を入れてハンドルを握りなおす。

データセンターのゴミ出し口付近に車を停める。人目につかない場所は先日探り当てておいた。

この前西村にぶつかった感触は悪くなかった。時間はかかるかもしれないが、じっくりと粘ってみるか。それともまた別の線から攻めるか……。

する。

そう思案していると、誰かがドアのガラスを叩いた。反射的に顔を向けてぎくりと
そこに西村本人がいたのだ。

どう西村に接触するかを考えていたら、当人が忽然《こつぜん》とあらわれたのだ。驚かない方がどうかしている。

おそるおそる窓ガラスを開けると、

「またここに来られると思ってましたよ。富永さん」

そう西村がにこにこしながら言った。文句をぶつけにきたという雰囲気ではないので、とりあえず胸をなでおろした。

「どうして私が来たことがわかったんですか？」

「簡単ですよ。この周辺の監視カメラに、富永さんがあらわれたら僕に知らせるようにのぞみに頼んだんですよ」

「ＡＩで監視したというわけですか」

こっそり隠れて取材相手を追う時代はもう終わったらしい。すると西村が助手席に乗り込んできた。

「さあ、行きましょうか」

「どっ、どこにですか」

戸惑う富永を見て西村が笑う。

「富永さん、私を取材したいんでしょ。いい場所があるんです。そこに行きましょう。さあ出してください」

わけがわからないながらもアクセルを踏んだ。

到着したのは東京の中野にある商店街だった。その近くに車を駐車し、西村と一緒に歩く。

夕方なので人で賑わっている。八百屋や魚屋の店主が店前で声を張り上げ、精肉店では店員がコロッケを揚げている。

腹をすかせた中高生達が、その店の前で列を作っていた。懐かしい下町の風景がここにはまだ残っている。AI時代といえども、すべてが機械一色ではない。

ちらりと富永が西村を見た。

「ところで西村さん、その格好は？」

西村は、グレーのスウェットにジャージといういたって地味な姿だった。車の中で突然着替え出したのだ。まるで、あのコロッケ目当てに並ぶ中高生と変わらない。

「えっ、おかしいですか。これが僕の普段着です」

「もしかして一見普通っぽい最高級ブランド品ですか？」

「いえいえ、そこの商店街で買った安物ですよ」

その店を指さした。激安、特価、と赤字ででかでかと書かれた看板がある。西村の資産ならば、あの店を一〇〇〇軒買ってもお釣りがくる。

「さあ、行きましょう」

西村が先導してくれる。富永は訝《いぶか》しく思いながらもそれに従う。

この格好のせいか、行き交う人々は誰もあの西村悟だと気づかない。まさか日本一の大金持ちが、ジャージ姿で中野の商店街を歩いているとは想像すらしないだろう。富永もまだ信じられない。

たどり着いたのは、古びた二階建てのアパートだった。表札には『デラックススカイハイツ中野』と書かれている。どうしてボロいアパートほど、こういう大仰《おおぎょう》な名前をつけたがるのだろうか。

ぎしぎしと音がする階段を上がり、二階の一番奥の部屋へと到着する。

小さなワンルームだ。ベッドとコーヒーテーブルがあるだけの、貧乏学生が暮らすような簡素な部屋だ。

「どうぞ」

差し出された座布団に腰を下ろす。

「ここはなんですか？　荷物置き場か何かですか」

「家？　日本一の金持ちがこんなしみったれた部屋に住んでるんですか」

「僕の家ですよ」

「確かにしみったれてますね」

西村が苦笑したので、あたふたと訂正する。

「いや、すみません。言い過ぎました」

「いいんですよ。僕は根が貧乏性で、こういうところの方が落ちつくんです。部下には怒られますけどね。ＨＯＰＥの社長がこんなところに住んでるなんてばれたら企業イメージががた落ちだって」

部下がそう忠告したくなるのもわかる。

西村が注いでくれた麦茶を一口呑んだ。子供の頃を思い起こさせるような、懐かしい味がする。

西村も麦茶を口に含み、しみじみと漏らした。

「学生時代の下宿先もこんな感じでした」

「確か東北先端情報大学でしたね」

「ええ、義兄と姉と一緒にＡＩの研究に勤しんでいた。あの頃が懐かしいですよ」

遠い目をして応じる。西村の姉の桐生望も開発者で、その大学で桐生浩介と出会ったのだ。

「大学は今はどうなってるんですか？」

「閉鎖されました。施設は無人のまま放置されているそうです。母校が消えるというのは胸が痛みますね……すみません。暗い話をして」

「いいえ、私が訊いたことですので」

そろそろ頃合いかと切り込む。

「ところで西村さん、なぜ私の取材を受けてくださる気になったんですか？」

富永の初対面の印象は決して良くなかったはずだ。まずは強引に接触し、徐々に相手の口を開かせるのが富永のやり方なのだが、まさかいきなり取材に応じてくれるとは思わなかった。しかも自宅にまで招いて、公《おおやけ》には出さない姿を見せてくれている。破格の対応だ。

西村が微笑んだ。

「富永さん、あなたはこう言われましたね。『私はＡＩが嫌いだ』と」

「ええ……」

「ＡＩ企業の社長である僕に向かって、そんなことをぬけぬけと言う。そんなあなたに興味が湧いたんですよ」

取材相手にはまずは本音でぶつかる。どうやらそれが功を奏したようだ。

「なるほど」

「富永さんはどうしてAIがお嫌いなんですか？」

西村がこちらに目を据《す》えた。日本一の大企業の社長としての、人物を見定める視線だ。こういう眼光の人間に、ごまかしは一切通用しない。ここは包み隠さずに打ち明ける。

「西村さん、私の実家は小さな町工場でした。そこはうちの父親が立ち上げた会社でしてね。小さいながらも金属加工の分野では技術力があり、それなりに評価を得ていました」

「町工場の職人集団という感じですか」

「まさにその通りです」富永が頷く。「だが業界にAIの波が押し寄せてきた。職人でしか成し得なかった熟練の技を、AIを搭載した産業ロボットたちはいとも簡単にやってのける。しかも人間では考えられないスピードで。当然工場は苦境に陥《おちい》った。そしてとうとう倒産に追い込まれた」

「……それはお辛かったでしょう」

儀礼的な言葉ではない。その声には感情がこもっている。

「辛いというか、寂しかったですね」

「寂しい？」

「ええ、うちの親父というのは親方気質《おやかたかたぎ》でね。俺についてこいっていうタイプだったんです。ですが倒産した時は、まあ落ち込みましてね。仕方ありません。あの工場が親父の人生のすべてでしたからね。その沈んだ背中を見て、私は寂しくなったんですよ。これも時代だ……とは簡単に割り切れませんでした。あの背中を見ているとね」

「……そうですか」

その西村の暗い相槌《あいづち》が、あの時の親父の姿を思い出させる。胸の古傷がきりきりと痛んだ。

「それから親父は酒に逃げるようになりましてね。昼間から酒びたりの生活を送るようになった。そしてそんなある日、親父は事故にあった。ふらふらと酔っ払って歩いていたところを車に轢《ひ》かれたんです。

その葬式で親父の死に顔を見ていてね。ふとこう思ったんですよ。親父が大切にしていたものはすべてAIに奪われた……機械がここまで人間の尊厳を奪ってもいいものかってね。AIは本当に人を幸せにするのか？　親父のような不幸な人間を産むだけじゃないかってね」

西村は何も言わない。ただAI時代の代表者として、沈痛な面持ちで耳を傾けている。

「そこからですよ。私のAI嫌いがはじまったのは」

「それはAI嫌いになるのも無理はありませんね」

ふうと西村が一息吐いた。この男はＡＩ企業の社長でありながらも、きちんとＡＩの負の側面も理解しているようだ。

「ええ。ですが、医療ＡＩであるのぞみは大勢の人の命も救っている。ＡＩは天使なのか悪魔なのか。それをＨＯＰＥさんを取材することで知りたい。私はそう考えています」

そう切々と語ると、西村が神妙に頷いた。

「わかりました。そういうことでしたら何でもお聞きください。お話しできる範囲で話させていただきます」

「ありがとうございます」

頭を軽く下げると、間髪入れずに尋ねた。

「まず知りたいのはのぞみの誕生秘話です。のぞみは西村さんのお姉さんの桐生望さんのガンを治療するために、桐生浩介さんとあなたが開発した。ここまでは間違いありませんか？」

「大間違いです。私は義兄の手伝いをしただけです。のぞみの開発者は桐生浩介ただ一人です。あんな革新的なＡＩを私が作れるわけがない」

名誉欲など微塵もないらしい。これを聞いたらますます荒巻が苛立つだろう。

ただこれでは西村という男は完全無欠すぎる。同じ人間なのだから、どこかに歪みのようなものがあるはずだ。それを察知しなければならない。

「では桐生浩介さんがのぞみを開発された。だが厚労省がのぞみを認可しなかったためのぞみは使えず、桐生望さんはこの世を去ってしまった。ここまでは本当ですか？」

「はい」

そう頷く西村の表情が沈んでいる。七年前のことなのに、昨日のことのような落ち込み具合だ。西村の姉に対する愛情の深さが、この一点だけでもよくわかる。

「ここからが疑問なんです」

「何がでしょうか？」

西村の目の色が変わる。

「私ならば法律を無視してでものぞみを使った。法律は確かに大事だが、人命には代えられない。今まさに車に轢かれようとしている子供を、赤信号だからといって救わない人間がいるでしょうか？　なのにあなたと桐生さんはのぞみを使わなかった。これはなぜでしょうか？」

核心をついた質問だったのか、西村が今までになく暗い顔になる。唇を閉じ、目線を下にしている。

富永は何も言わず、西村の次の言葉を待った。こういう時に余計なことを言ってはいけない。取材相手の心が定まるのを、静かに待たなければならない。

「……富永さん」

やっと西村が口を開いた。

「はい」

「これは今まで誰にも話していません。取材をお引き受けしましたが、ここだけの話にしていただいてもかまわないでしょうか」

「了解しました」

「……実は私はのぞみを使おうとしました。富永さんの言われるように、姉の命と比べれば、法律など無視してもいい。そういう考え方でした」

「ではなぜ使わなかったのですか？」

「それは義兄と姉が反対したからです。二人は法律を守ることを優先したのです」

「それはなぜでしょうか？」

首をひねって尋ねると、西村がかぶりを振る。

「わかりません……」

長年考えているが、一向に答えが見つからない。そんな面持ちだ。富永も頭をひねってみたが、何も出てこない。

「では話を変えて桐生浩介さんについて伺わせてください。桐生さんはのぞみが政府から認可され、それを管理運用するための会社であるＨＯＰＥを立ち上げられた直後、日本から姿を消された。のぞみはノーベル賞級の発明だとあらゆる識者が絶賛し、全国の医療施設がのぞみを導入しはじめた。桐生浩介はＡＩの神だ、と世界各国の著名な科学者が賞賛の声を上げました」

「ええ、私も義兄の頭脳は神がかってると思います」

しみじみと西村が相槌を打つ。

「そう、のぞみはまさにこれからという時だった。なのに桐生さんは日本を去った。しかもＡＩ研究すらもやめてしまった。これはどうしてですか？」

「おそらく義兄は自分の役目は終わったと思われたんだと……」

歯切れが悪い答えだ。

「思われたということは、直接桐生さんの口から聞いたわけではないということですか」

「……義兄は自分の考えを口にする人ではないですから」

浮かない顔で西村が言い、ぼそりとこぼした。

「あの時も……」

「あの時？」

間髪入れずに訊き返すと、「いえ、なんでもありません」と西村が急いでごまかした。

どうやら西村と桐生の間には、何かしこりのようなものがあるらしい。それが西村という清廉な男の、唯一の陰となっている感じだ。そしてのぞみを知るには、やはり桐生浩介に直接話を聞く必要がある。

「桐生浩介さんは今どこにおられるんでしょうね？」

「それはさすがに僕の口からは言えませんよ」

機先を制すように西村が言い、富永が頭を掻《か》いた。

「そうですね。ちょっと甘え過ぎました」

西村の表情がやわらかくなる。わざとバカなふりを装い、相手の胸襟を開かせるのも記者の技術だ。

「義兄の連絡先は教えられませんが、義兄は今度日本にやってきます」

「本当ですか？　どうして急に」

さすがに驚きを隠せない。行方《ゆくえ》も知れない謎の人物となった桐生が、突然姿を見せるというのだ。これで驚かなければどうかしている。

「ええ、実は義兄に内閣総理大臣賞が授与されることになったんです。ちょうどデータセンターのオープニングセレモニーとも時期が重なる。だから来日して、セレモニーと授与式に出席してもらえないだろうかと義兄に打診してみたんです。

これまで何度も日本に戻ってきてくれないかと頼んでいたんですが、いつも断られてばかりだったんですよ。今回も無理だろうと思いつつもダメ元で頼んでみたんですが、まさか了承してくれるとは思ってませんでした」

そう目を見開く西村を見て、富永の疑問が爆発する。

「ちょっと待ってください。今の総理大臣は田中英子ですよ。わざと極端な言い方をすれば、桐生さんにとって妻の命を奪った存在だ。授与式に出席するということは、彼女に会うということだ。そんなことをしに、これまで避け続けてきた日本に戻ってくるんですか？　一体どうしてですか？」

「それは……わかりません」

その表情はすっきりしない。

「けれど総理大臣賞は名誉ある賞です。多くの人にのぞみは受け入れられていますが、まだまだＡＩに不信感を抱いている人も少なくない。でも義兄が総理大臣賞を受けてくれたら、そういう人たちものぞみを認めてくれるかもしれない。おそらく義兄はＨＯＰＥのためを思い、この話を受けてくださったんだと思います」

まるで自分で自分に言い聞かせるような口ぶりだ。今になって桐生が了承したことは、西村にとっても大きな謎なのだろう。

「とにかく義兄が日本に来てくれるんです。その時に僕の方から富永さんの取材の件を頼んでみます。義兄が引き受けてくれるかどうかまではお約束できませんが」

その過剰なほどの親切さに、また新たな疑問が生まれる。

「西村さん、どうしてそこまでしていただけるんでしょうか？」

「どういうことですか？」

「西村さんは私がAI嫌いだと本音でぶつかったから、今回の取材を引き受けたと言ってくださいましたが、自宅に招いてどこにも公にしていない話を聞かせてくださる。なおかつ桐生さんとの間も繫《つな》いでくださると言う。まだ会って二回目にすぎない私をちょっと信用すぎじゃないでしょうか」

「確かにこう簡単に人を信用しては社長失格ですね」

西村がおかしそうに肩を揺する。

「もちろんそれだけで富永さんを信用したわけではありません。あの手紙が一番の理由です」

「手紙がですか？」

取材依頼をする際にはメールや電話ではなく、直筆の手紙を必ず送る。手書きの手紙ほどこちらの想いが伝わるものはない。富永はそう思っている。

「ええ、ただあの手紙の中身というよりは、これに僕は心惹《ひ》かれました」

そう言って西村は鞄《かばん》に手を入れた。そこから富永が送った手紙を取り出し、それを広げ、ある箇所を指差した。それを見て富永がすまなそうに言う。

「すみません。消し残しがありましたね」

鉛筆での下書きが、きちんと消しゴムで消せていなかった。

「いえ、これを見て僕は富永さんという人が見えた気がしたんですよ。今時メールではなく手書きの手紙で取材依頼をされる。さらに鉛筆で下書きまでされてから清書をされている。人柄というのはこういう部分に出てくる。そして企業のトップに立つ者はそういう細かな部分を見なければなりません」

この言葉を荒巻に聞かせてやりたかった。ＡＩ時代だからこそ、そういうアナログの良さが際立つのだ。そして優秀な人間は、そういう点を必ず察知し評価してくれる。この一件でより確信することができた。

「富永さん、こういう手紙の書き方をする人が私の身近に一人いるんです。だからより富永さんに親近感を抱きました」

「その身近な人というのは桐生さんですね」

そう言うと、西村が目を丸くした。

「どうしておわかりになったんですか」

今度は富永が鞄に手を入れ、そこから手紙を取り出した。時間が経っているので少し色あせている。それをテーブルの上に広げると、西村が驚きの声を上げた。

「義兄の字じゃないですか」

さすがに一目でわかったみたいだ。丁寧で几帳面な字で書かれている。そして右上のある箇所を指差した。

「ここに消し残しがある。私もこれを見て、桐生さんの人柄が伝わりました。それを真似て、私も手紙を書く時は鉛筆で下書きをしてから清書するようにしてるんです」

「なるほど。でもこの手紙はどうして？」

「さっき親父の町工場がAIのせいで倒産し、親父もとうとう死んでしまったという話をしましたよね」

「ええ」

西村の表情がわずかに沈む。

「ちょうどそんな時です、のぞみが政府から認可され、時代の寵児《ちょうじ》として桐生さんが登場したのは。親父はAIのせいで生きがいを奪われ、命まで失った。なのに一方、桐生さんはAI時代の象徴として脚光を浴びている。なんだか無性に腹が立ちましてね。桐生さんに抗議の手紙を送りつけたんです。

AIは人間の尊厳を奪う悪魔の発明だ。さらに医療AIは命をも奪う危険性がある。あんたはそれを発明したマッドサイエンティストだ。ずいぶん苛烈なことを書いてしまいました」

「そんなことがあったんですか」

「はい。そして桐生さんから返信のお手紙をいただいた。そこには丁寧な字でお悔やみの言葉とＡＩへの想いが綴《つづ》られていました。そしてこの下書きの鉛筆の消し忘れたあと……」

また手紙を指差す。

「あんな罵詈《ばり》雑言《ぞうごん》のような手紙にも、こんな心のこもった手紙を返してくださる。それで桐生さんの人柄がわかり、冷静になれました。何も桐生さんが親父の人生を奪ったわけではない。申し訳ないことをしたなって。

そしてそのすぐあとですよ。桐生さんが日本を去られたのは……桐生さんがすべてを捨てた一因に、俺が送った手紙が含まれているかもしれない。そのことがずっと胸の奥底でひっかかっていたんです」

詰めていた息を、西村が静かに吐いた。

「そんなことがあったんですか……」

「だからずっと気になってたんです、桐生さんのことが。いつかあの手紙の謝罪をしたい。そしてＡＩとは何か？　人工知能は人を幸せにするのか？　直接彼に質問をぶつけたいと思っていたんです」

「なるほど。それで義兄から話を聞きたいとおっしゃってたんですね」

その通りだ。桐生ならば、ＡＩの本質を知っているはずだ。

「わかりました。そのお話を聞いて、ぜひ富永さんには義兄にインタビューをしていただきたいと思います。義兄がどう答えるのか、僕も興味が湧きました。できる限りの協力はさせてもらいます」

「ありがとうございます」

富永はそう深々と頭を下げた。するとなぜか、さっきの西村の言葉が頭をよぎった。

『あの時も……』

おそらく過去に西村と桐生の間にあった何かについてだろうが、それが気になってならない。だが富永は、なぜかその質問だけは口にはできなかった。

5

西村は成田空港にいた。

空港内はずいぶんと賑わっているが、外国人客が多いので西村に気づく人間はいない。発着便表示のモニターを見ると、もう飛行機は到着している。

「ちょっと遅いですね」

隣にいる飯田がそわそわと言った。

今日、待ちに待った桐生と心が来日するのだ。西村と飯田が出迎えに来ている。データセンターのオープニングセレモニーの準備もあるので、空港への出迎えは飯田だけにしてくれないかと前川に頼まれたのだが、西村はどうしても自分が出迎えたかった。

妙に落ちつきのない飯田を見て尋ねる。

「どうしたんだい？　緊張してるの？」

「そりゃ緊張しますよ。なんせ桐生さんに会えるんだから」

その声も揺れている。そうだ。ＡＩ開発者にとって桐生とは、憧れと尊敬の対象だ。ずっと一緒にいたのでついそれを忘れてしまう。

「あっ、あの人じゃないですか」

飯田が上ずった声で言うので、西村もそちらの方を見る。

桐生と心がこちらに向かってくる。久しぶりに見る二人の姿に自然と胸が高鳴ってくる。

桐生が笑顔で言った。

「元気そうだな、悟」

「義兄さんこそ」

改めて桐生を観察する。前よりも日に焼けてなんだかたくましくなっている。記者の富永には言わなかったが、桐生は今シンガポールに住んでいる。そこの水がよほど合っているのだろう。日本にいた時よりも元気そうだ。

西村が膝を折って声をかける。

「心ちゃんも大きくなったなあ」

別れた時はまだまだ子供だったが、もう心も一二歳だ。子供の成長というのは早い。もう子供ではなく、大人の女性へと変わりつつある。しかも望とよく似てきた。

「どう、悟おじちゃんのこと覚えてるか？」

「……なんとなく」

ぼそりと心が答え、西村はからからと笑った。

「そうか、覚えてくれてるだけでも嬉しいよ」

思春期ならではのそっけない反応だ。でもそれは、心が大きくなった証拠でもある。

「しゃっ、社長」

急《せ》かすように飯田が言ったので、すぐに紹介する。

「義兄さん、心ちゃん、こちらはＨＯＰＥの社員の飯田さんです」

「はっ、はじめまして。飯田眞子《まこ》と申します。桐生さんにお会いできて光栄です」

その顔はかちこちに固まっている。

「こちらこそ」

桐生が手を差し出すと、飯田があわてて握手に応じ、「しばらく手は洗いません」と大はしゃぎしている。飯田は桐生に憧れてＨＯＰＥに入社したのだ。その感激は計り知れない。

駐車場に停めてあるハイヤーに向かう。桐生、心、飯田の三人が後部座席に、西村が助手席に乗る。運転席には誰もいない。

「自動運転か。のぞみが管理してるのか？」

桐生が興味深そうに尋ねる。桐生が去る前には、のぞみは医療ＡＩの機能しかなかった。

「ええ、のぞみは自動車やスマート家電とも連動してますからね。まだまだ進化してますよ」

「日本でもそこまでＡＩが受け入れられるようになったのか」

その声には驚きが混じってる。変化を認めない人々に、どうしたらＡＩを受け入れてもらえるか？　桐生と西村はよくそんな議論をしていた。

「いえ、まだドライバーが見えないと不安っていう声が多くてこんな機能もあるんです」

西村がスイッチを入れると、運転席にドライバーの姿が浮かんだ。

「ホログラムです。まだまだおもちゃレベルですけど」

飯田が口を入れる。

「AI嫌いの人ってまだまだ多いんですけど、最近はのぞみのおかげでだいぶ減ってきました。ホログラム機能もすぐに必要なくなりそうです」

「なるほど」

重々しく桐生が頷く。AI嫌いと聞いて、西村は富永の顔を思い浮かべた。富永のようなAIに嫌悪感のある人に対して、一つ一つ丁寧に言葉を尽くしてAIについて説明する。そうすれば富永の記事を読んだ人々が、AIへの抵抗感を和らげてくれるかもしれない。世間にもっとのぞみを愛してもらうようにするのも、HOPEの社長の責務だ。

桐生に富永の取材依頼の件を話そうとしたが、すぐに思い止《とど》まった。それはもう少し後でいいだろう。

車を走らせ、高速道路に入る。心がずっと窓の外を眺めているので、つい尋ねる。

「どう心ちゃん、久しぶりに日本に帰ってきた感想は？」

「なんかしょぼい」

ぶっきらぼうに答える心に、桐生が叱った。

「こらっ、心」

険悪な空気を紛らわせるように、西村が笑い飛ばした。

「そうか、しょぼいか。日本は超少子高齢化社会で人口がどんどん減ってるからね。仕方ないんだよ」

窓の外を見ると無人のガソリンスタンドがあった。立ち入り禁止の看板はサビだらけで、かつては白かったであろう壁が、汚れで真っ黒になっている。それが今の日本を象徴しているように思えてならない。

「地方格差も広がってるだろうな。東北の大学はどうなった？」

桐生の問いに、西村はつい声を沈ませてしまった。

「……残念ながら閉鎖されて、設備などはそのまま放置されています」

「……そうか」

桐生と望とで過ごした大学の日々が思い返され、西村は胸が痛んだ。車内が暗くなったので、はっとして話題を変える。

「義兄さんは他に何か気づいた変化はありましたか」

「そういえば空港の喫煙スペースが減ってたな。前はもっとあったような気がしたが」

「そうですね。今はタバコが極端に値上がりして、喫煙する人がどんどん減ってるんですよ。のぞみが体調管理をしてくれるので、みんな健康志向になったというのもありますけど。義兄さんにしたら嬉しい傾向ですよね」

「まあそうだな」

軽く頷く桐生を見て、飯田が口を挟んだ。

「どうして嬉しいんですか？」

「義兄さんはタバコ嫌いなんだよ。タバコの匂いに敏感で、すぐに気付いちゃうんだ。飯田さんが喫煙者なのももうバレバレだよ」

そう指摘すると、飯田があわてふためいた。

「ちょっと待ってくださいよ。桐生さんがタバコ嫌いだって教えてくれてたら、一ヵ月前から禁煙して、匂いを完全に消してましたよ」

その動揺する姿に、一同がふき出した。やっと空気がなごんだな、と西村は一安心した。

「義兄さん、うちの喫煙者は飯田さんだけでね、飯田さんはうちの所長が喫煙所を作ってくれないからって、自分で喫煙所を作ったんですよ。でもうちにも絶対隠れ喫煙者がいるって監視してるそうですよ。特にその嫌煙家の所長が怪しいそうです」

へえと桐生がおかしそうに返し、

「もう社長、桐生さんの前でそんな話はやめてください」

と飯田が取り乱した。また車内が笑いで包まれた。

千葉のデータセンターに到着する。正面の門の前には、とんでもない人だかりができている。デモ隊だ。ただ今日はいつもと比較にならないほど人数が多い。人々の熱気と怒号で、陽炎《かげろう》のようなものが見えるほどだ。

「あれは？」

そう尋ねる桐生に、西村が冴えない顔で答える。

「……デモ隊です。AIに反対する人たちです」

「そうか……」

言葉少なに桐生が頷いた。桐生が帰国したからデモも大規模になっている。桐生はそう悟ったのだろう。

デモ隊を避けて、裏門から敷地内に入る。幸いにもデモ隊は、桐生と西村には気づかなかった。

ハイヤーから降りると、突然大量の光を浴びせられ、一瞬目がくらんだ。それに続けて怒濤《どとう》の質問がぶつけられる。

「桐生さん、総理大臣賞受賞おめでとうございます。五年ぶりの日本はいかがですか」

「ＡＩの開発には戻られないんですか？　世界各国の企業や政府機関からオファーが殺到していると聞きましたが」

無数の報道陣がマイクを突きつけてくる。その奥には数え切れないほどのカメラも控えている。

通してください、と強引に押し通って建物の中に入る。外の喧騒《けんそう》と打って変わったように、中は静かだ。広大なフロアに高い天井なので開放感もある。ふうと西村は一つ息を吐いた。

そこに前川があらわれ、すまなそうに説明する。

「すみません、社長。マスコミがどうしても桐生さんがここに来る姿を中継したいと聞かなかったもので」

そういうことかと西村が合点する。それにしてもすごい数の報道陣だった。総理大臣賞が授与されるというのは、これほどの大事なのだと認識を新たにする。

地下のサーバールームに向かう前に、オープニングセレモニーを行う会場を桐生に見せる。この施設でも自慢の場所だ。

大きな壇上に上がって前を向くと、正面に椅子がずらりと並べられている。記者達の席だ。かなりの席数を用意していたが、さっきの報道陣の数を見ると全然足りない。

その左手にはHOPEの社員とその家族のための席も設けられている。

西村は腰をかがめ、その方向を指差した。

「心ちゃんの席はあそこにあるからね。あそこに座って義兄さんのスピーチが聞けるよ」

「……私そんなの聞きたくない」

そっぽを向く心に、西村はどきりとする。慌てて桐生を見たが、幸いにも耳には届かなかったみたいだ。

「まあまあ、そんなこと言わずに聞いてよ」

「……わかった」

しぶしぶ心が了承すると、西村は細い息を吐いた。

会場を後にすると、エレベーターに乗って地下に降りる。桐生と心をサーバールームへ案内するのだ。この中は部外者は絶対に入れないセキュリティーになっているが、桐生は別だ。ここを見せるのが、桐生に日本に来てもらった目的の一つでもある。

セキュリティーゲートの前で立ち止まり、桐生と心に入室用のIDが入ったリストバンドを手首につけてもらう。

「すみません。この先デジタル機器は持ち込めないのでここで一時お預かりします」

恐縮そうに前川がトレーを差し出すと、桐生がスマートウォッチを載せた。心がリュックからゲーム機を取り出して置いたのだが、その勢いが強すぎたのか、前川がトレーを落としてしまった。

「心、ちゃんと謝りなさい」

そう桐生がたしなめると、心はそれを無視してゲートをくぐる。

「心！」

桐生が怒鳴るが、心は足も止めずに進んでいく。桐生がため息を漏らしたので、西村が訝しげに訊いた。

「……どうしたんですか、心ちゃん？」

反抗期にしても度が過ぎている。

「実は、日本に来る前に心に訊かれたんだ」

「何をですか？」

「心が、のぞみが望の命を救うために作られたＡＩだと知ってな。どうしてのぞみを使ってママの命を救わなかったんだと問い詰められたんだ」

ぎくりとした直後、脳裏にあの時の記憶がなだれ込んできた。

法律などどうでもいいからのぞみを使ってくれと桐生を説得した時、西村はこう言った。

『ママを救えたのにもかかわらず、法律のために救えなかった。義兄さんは大きくなった心ちゃんにそう説明するつもりなんですか』

あの時危ぶんでいた未来がとうとう現実のものとなったのだ。

西村が唾を呑み込んで問いを重ねる。

「それで義兄さんはなんと答えたんですか？」

「政府がのぞみを認可してくれなかったからのぞみを使えなかったんだ……そう答えた」

「それで心ちゃんは納得したんですか？」

「いや……認可とか無視したらよかったじゃない。そんなどうでもいいことのためにママは死んだのってひどく怒ったんだ」

その光景が目の前に浮かぶようだ。その気持ちは、まさにあの時の自分とまるで同じだ。

「それで義兄さんはなんと……」

「いや……」

桐生は顔をそらし、言葉を濁した。自分だけでなく、心からも逃げるつもりなのか……西村はひどく落ち込んだ。

気分が滅入ったが、今日は祝いの日なのだ。無理やり元気をひねり出し、先へと進む。

サーバールームの前で一ノ瀬が待っていた。普段は表情一つ変わらない男だが、ひどくそわそわしている。空港での飯田よりもひどい。

「義兄さん、紹介します。ここのシステムを設計した一ノ瀬さんです」

「はっ、はじめまして一ノ瀬です」

額が地面につく勢いで頭を下げる。

「彼はこのＨＯＰＥが誇る天才エンジニアなんですよ」

そう西村が付け足すと、さっきの動きを逆回転させるように、一ノ瀬が勢いよく頭を上げる。

「社長、やめてください。桐生さんの前で天才だなんてそんな」

「いや、今軽く見せてもらっただけですが素晴らしい設計です。一ノ瀬さんが優秀なのはよくわかりますよ」

桐生の言葉に、一ノ瀬の頬が紅潮する。もの静かな一ノ瀬とはとても思えない。桐生に褒められるということは、ＡＩに携わる人間にとって神様に褒められたのと等しいことなのだ。

全員で中央ドアの前に立つ。この奥にのぞみが控えている。腰をかがめ、西村が心の耳元で言う。

「心ちゃん、ドア開けてって言ってごらん」

　頷いた心がすぐさま口を開く。

「ドア開けて」

　心のリストバンドのＩＤを読み込み、それが認証されると、ドアが音もなく開いた。このドアはのぞみに声紋を登録した者か、このＩＤがある者にしか反応しない。

　中に入るとすぐに、心が驚きの声を上げる。

「広っ……」

　一ノ瀬が誇らしげに答える。

「世界中のＡＩ企業の中でもこれほどの規模のサーバールームがあるのはこのデータセンターぐらいです」

　改めて西村も辺りを見回す。ここは広大さと静寂さを同時に味わえる空間だ。ちょうど絶縁性液体に沈んでいた長方形のサーバーが、音もなく浮上してきた。この部分は水槽をイメージして作られている。

「桐生さん、ここの説明をさせていただいてもよろしいですか？」

　恐縮気味に一ノ瀬が聞くと、「お願いします」と桐生が頼んだ。

　では、と一ノ瀬が咳払いをしてから言う。

「桐生さんが日本を去られてから、のぞみのユーザーは急激に拡大しました。今や人ロの八割強です。国民の膨大な個人情報は日々ナノ秒単位で集積され、このストレージに収納されています。のぞみはそれを自律的に学習し、ユーザーや医療機関に指示を送ります。ですから膨大な量のサーバーが必要になります。国内にある六つのサーバールームでは手狭になったので、このサーバールームを新設しました」

「そうか、のぞみはずいぶんと成長したんだな」

感慨深げな桐生の言葉に、西村はじんとした。このサーバーの数を見るだけで、桐生ならば今のHOPEの規模がわかる。西村とHOPEの社員の努力が認められた気分だ。

するとが心ぶるっと震え上がった。

「なんか、ここ寒い」

飯田がすぐに謝る。

「ごめんなさい。あらかじめ言っておいたらよかったわね。ここはサーバーを冷やすために寒くなってるのよ」

「心ちゃん、ここをご覧」一ノ瀬が床を指差した。「水みたいな液体が流れてるのがわかるかい？」

「うん」

心が目線を下にして頷く。

「コンピューターの敵は熱なんだ。この液体は特殊な絶縁体液体で、これを循環させてサーバーを冷やしているんだ。空調冷却では冷やしきれないし、電力も莫大にかかるから、こんな液体を利用して冷やしているんだ。冬は外気も利用するのでかなり寒いよ。北極並みになることもあるんだ」

一ノ瀬が丁寧にわかりやすく説明する。どうやら桐生にいいところを見せたいみたいだ。一ノ瀬も桐生に憧れてＨＯＰＥに入社したのだから、それも無理もないのかもしれない。

「北極ってめちゃくちゃ寒いじゃん。私寒いの苦手」

また震える心に、西村はジャケットを脱いでそれを着せてやる。

「とりあえずこれを着て。ちょっと臭いかもしれないけど我慢してね」

「ううん大丈夫。パパのよりは臭くない」

心がそう返し、桐生が肩をすくめる。それを見て一同が笑った。

前に向きなおってから西村が言った。

「さあ、いよいよご対面だ」

その視線の先にはのぞみがいる。貝殻をモチーフにした筐体《きょうたい》に、穏やかな眼差しを連想させるカメラでこちらを見つめている。

放心したように、心がのぞみに見入っている。その横顔を覗き込むように西村が尋ねた。

「どう心ちゃん、のぞみのメインサーバーは」

「なんだかよくわかんないけど、綺麗だね……」

　この貝殻のデザインにしたのは、昔、心がよく海岸で貝拾いをしていたからだ。ルネサンスの頃に描かれた絵画『ヴィーナスの誕生』を彷彿《ほうふつ》とさせるデザインを、きっと心は気に入ってくれる。西村はずっとそう思っていた。

「そうだろ。あのカメラで心ちゃんがどんな姿なのかも把握してるよ」

「へえ、そうなんだ」

　ずっと関心がなさそうにしていたが、はじめて興味を抱いているようだ。

「何か挨拶してみて」

　そう西村が言うと、心が頷いた。

「……こんにちは」

　のぞみが挨拶を返す。

〈こんにちは。桐生心さん〉

　びっくりする心に、西村が笑って教える。

「カメラでそのリストバンドからＩＤを読み取ったんだ。プログラムもあのカメラで読み取れるんだよ」

慌てたように桐生が早口で訊いた。

「カメラで読み取るなら、サーバールームの外からプログラムを読み込ませることも可能じゃないか」

「それは大丈夫です。有事の際はこの上に格納されているシェードでカメラを隠してプログラムの不正読み込みなどから、のぞみを守ります」

「そうか」

そう桐生は胸をなでおろしたが、心はまだ目を見開いていた。

西村が笑って尋ねる。

「どうしたの、心ちゃん。ずいぶん驚いてるね。カメラがＩＤを読み込んだことがそんなに凄かったの？」

すると、心が静かに首を振る。

「そのことに驚いたんじゃない」

「じゃあ何に驚いたの？」

飯田が心の顔を覗き込む。

「……なんか、すごく懐かしい声だった」

そう答えた心を見て、西村は目頭が熱くなった。のぞみの声は望をモデルにしている。心は遠い記憶から、母の声を思い出したのだ。

心が身を乗り出して重ねる。

「あなたの名前はのぞみって言うの？」

〈ええ、そうです。あなたの心という名前はとても素敵ですね〉

「うん、私もそう思う。のぞみはいつ生まれたの？」

〈二〇二三年一二月二日です〉

「暇な時は寝たりするの？」

〈スリープ中でもカーネルプロセスは作動しています。人間に例えると睡眠中でも脳は活動しているイメージです〉

「大変だね。ちゃんと休んだ方がいいよ」

〈ありがとうございます。心さんは優しいですね〉

心とのぞみの会話を聞いて、西村は泣きそうになった。慌てて瞬《まばた》きをくり返し、涙を懸命に食い止める。もし誰もいなければ、そのまま泣き崩れそうだ。まるで望が生き返り、大きくなった心と話しているようだ。

ふと隣を見ると、桐生が顔をそむけている。桐生も西村と同じ気持ちなのだ。

だがその直後、西村の胸に暗い影がよぎった。そしてその影がこう囁《ささや》いた。

『あの時義兄さんがのぞみを使っていれば、心ちゃんはのぞみではなく、生きている母親と会えたのに……』

だめだ。そんなことを考えては……そう頭を振り、その影を追い払おうとする。だが影はそんな努力をせせら笑うように、西村の胸にこびりついていた。

6

富永は、千葉のデータセンターにいた。今日、このデータセンターでオープニングセレモニーがあるのだ。

普段この施設は厳重に警戒され、関係者以外は絶対に入れないのだが今日は違う。大勢の人でごった返している。

誰もが盛装し、華やかな装いだ。政財界の大物や芸能人たちもたくさん集まっている。これほど豪勢なオープニングセレモニーが行えるのだ。今のＨＯＰＥの規模がそれだけでわかる。

科学者も多い。国籍も様々で、それぞれが各国を代表する人工知能のスペシャリストだ。世界中の頭脳が結集している。そう言っても過言ではない。

彼らのお目当てはもちろん桐生浩介だ。桐生が久しぶりに表舞台に姿を見せるのだ。「神様・桐生」と意見交換をしたい。みんな、その知的好奇心でうずうずしているように見える。

富永のような報道陣も結集している。太陽がカメラレンズを乱反射して眩《まぶ》しいくらいだ。さっき桐生がこの施設にやってきた時は、そのカメラが暴れ回っていた。伝説の人物となった桐生浩介が再びその姿を見せるというのは、それほどの大ニュースなのだ。

すると荒巻があらわれた。手の紙皿にはこれでもかと料理が載っている。

「富永さん、このローストビーフ食べましたか？　もうこれまで食べてたローストビーフがなんだったんだって思うぐらい旨《うま》いですよ」

たくさんのゲストをもてなすために、料理人たちが豪勢な料理をこしらえている。だれもかれも雑誌で見たことがあるような有名シェフばかりだ。世界中の美味がここに集められている。

「おい、おまえちゃんと仕事しろよ。俺たちはグルメツアーに来たんじゃないんだぞ」

そう注意すると、荒巻が顔をしかめる。

「わかってますよ。俺だってちゃんと仕事してますって。富永さんに言われた通り、ここの所長の前川の女関係から情報摑《つか》みましたよ」

ＨＯＰＥはとにかく情報流出にうるさい企業だ。そういう相手から情報を得るには、女性関係を狙うのが一番いい。

社長の西村はあの性格なので女遊びなど一切しないが、ここの所長の前川はそうではない。よくクラブに顔を出しているそうだ。前川が贔屓《ひいき》にしているホステスに狙いを定め、荒巻に探らせた。荒巻の記者としての唯一の特技が、女性から話を訊き出すことだ。富永にはこれができない。

「本当に聞き出すの苦労しましたよ。ああいうクラブのホステスって高級であればあるほど口が固いんですからね。ちゃんとクラブで使った料金、経費で落とすために編集長を説得してくださいよ」

「わかった。わかった。で、何か情報があったのか？」

「まあたいした情報じゃないですけど、前川が社長の西村についてずいぶん心配しているそうですよ。最近どうも様子がおかしいって。社長室に入った時も慌てて何かをごまかしてたって」

前川という男はセキュリティーにうるさいらしいが、なじみのホステスにはそんなことも喋《しゃべ》る。これがこの手の男の弱点だ。

「様子がおかしいか……」

どうも気になる。西村は大企業の社長とは思えないほど純粋な男だが、そういう人間ほど胸中に何か抱えているものだ。自宅で話した時も、何やら隠している感じだった。西村の様子が最近おかしいという前川の懸念と何か関連性があるのだろうか……。

ローストビーフを頬張りながら荒巻が尋ねる。

「それにしてもなんで今さら桐生に総理大臣賞が贈られるんでしょうね。こんな言い方したらあれですけど、桐生ってもう引退した過去の人間じゃないですか。なんでこのタイミングなんですかね」

「ああ、それは大町さんが調べてくれたが、岸副総理の働きかけらしいぞ」

「岸がですか？　またどうして？」

「あれだろ次の総裁選に向けての票稼ぎだろ。それと桐生浩介というＡＩの神様を祭り上げて、ＡＩをさらに推進したいっていう狙いもあるんじゃないのか。田中総理も岸の狙いはわかっているが、なんせ桐生は命の恩人みたいなもんだからな。桐生に総理大臣賞を贈りましょうと言われれば、それを無下にはできない。しぶしぶ岸の提案を呑んだんだろうな」

「はあ、政治家の権力争いってのは凄いですねえ」

妙な感心をする荒巻に疑問をぶつける。

「なあ、どうして桐生は総理大臣賞を受けることにしたと思う。田中総理は間接的だが、桐生浩介の妻の桐生望の命を奪った人間だぞ。姿を消していたのに、わざわざそんな奴に会いに日本に来るか？」

「いや、でも総理大臣賞っていったらでっかいじゃないですか。なんせ日本という国が認めるってことでしょ」

「桐生にそんな名誉欲があるわけないだろ。あったらＨＯＰＥに残って甘い蜜を吸ってる」

「じゃあＨＯＰＥのためを思ってじゃないですか。桐生が総理大臣賞を受ければ、ＨＯＰＥの地位もさらに上がるでしょ。さっき桐生がここに来た時の騒ぎを見たらわかるじゃないですか。それだけ総理大臣賞って凄いんですよ。世間的には」

西村と同じ意見だ。やはり桐生はそう考えて、この話を受けたのだろうか？　だがどうも引っかかる。

「ああ、ダメだ。頭が働かねえ。一服してくる」

「ここって喫煙スペースなんかないでしょ。最先端のデータセンターですよ。ＨＯＰＥのエリート達がタバコなんて時代遅れのもの、吸わないでしょ」

「うるせえ。エリートでもタバコ好きの一人か二人はいるだろ。とにかく喫煙スペース探してくる」

そう言ってその場をあとにする。

しばらくうろうろしたが、荒巻の言う通り喫煙スペースがどこにもない。やっぱりＡＩ企業なんてろくなもんではないと苛立っていると、妙な光景に出くわした。

中学生ぐらいの女の子が座り込んでいる。

髪が背中ぐらいまで長く、可愛らしい顔立ちをしている。大人になれば洒落《しゃれ》た女性になりそうだ。ただどこか浮世離れした雰囲気がある。

彼女は石段に腰かけ、何やら手元を覗き込んでいる。ゲームをやっているのだ。

「なんだ。スマッシュブラザーズじゃねえか」

うきうきと隣に座る。富永が得意なゲームだ。

彼女が抑揚のない声で尋ねる。

「おじさん、このゲーム知ってるの？」

「知ってるどころか。もうプロゲーマーぐらいやってたよ」

「じゃあ対戦しようよ」

そう言うと、もうひとつのコントローラーを手渡してくる。

「おう、いいぜ」

腕まくりをしてそれを受け取る。富永と彼女がキャラクターを選択する。彼女のキャラクターに自身の名前が表示された。そこには『KOKORO KIRYU』と書かれている。

「ココロキリュウって……もしかしておまえ桐生浩介の娘か？」

心がぽかんとする。

「そうだけど、おじさんパパ知ってるの？」

「知ってるに決まってるだろ」

「おじさん何してる人？」

「雑誌の記者だよ」

「ああ、だから詳しいのか」

「記者だから知ってんじゃねえよ。おまえの父ちゃん知らない奴なんてこの日本じゃ存在しねえよ」

「ふうん、そうなんだ。でもシンガポールじゃ、ただのデバイスの修理屋だよ」

ＡＩの神様が、今はそんなことをやっているのか……桐生という男はよほど俗世から距離を置きたいらしい。

「よしっ、先制攻撃」

いつの間にか心がゲームをはじめている。

「おまえ汚《きたね》えぞ」

富永もコントローラーを動かし、二人でゲームに夢中になる。心の実力は富永とほぼ変わらない。なかなかのゲーマーだ。白熱した戦いがくり広げられる。

「やるな。ヒデト」

キャラクター名は『ＨＩＤＥＴＯ　ＴＯＭＩＮＡＧＡ』にしている。

「俺のが年上だぞ。ヒデトさんだろ」

「なんでよ。友達にさん付けなんて変じゃない」

「……もうダチなのかよ。早《はえ》えな」

きょとんとする心を見て、富永はつい笑った。悪い気はしない。

「じゃあヒデトでいいよ。負けねえからな、ココロ」

さらにゲームにのめり込む。何もかも忘れて友達とゲームに興じる。子供時代に戻った感覚だ。

何戦か終えてひと休みする。富永が何気なく尋ねる。

「中で何してたんだ？」

報道陣はエントランスまでしか入れない。データセンターの内部は極秘となっているのだ。せっかくならば中の様子を知りたい。

「サーバールームってところで、のぞみと喋った」

「のぞみのメインサーバーを見たのか」

つい声が裏返ってしまう。この施設の地下にのぞみのメインサーバーがあることは嗅ぎつけたが、部外者には見ることができないし、その写真すらも表に出ていない。のぞみ本体は、ＨＯＰＥにおける最大の企業秘密だからだ。

「のぞみって一体どんな形してた」

興奮を抑えながら尋ねるが、心はそれには応じず、別の質問をぶつけてくる。

「ねえヒデト、ヒデトって記者だったら、のぞみがママの病気を治すために作られたのって知ってる？　でも国が認めないからパパがのぞみを使わなかったのって」

ずいぶんと沈んだ声だ。慎重に頷く。

「……ああ」

「パパはどうしてのぞみを使わなかったんだろ。法律ってそんなに大事なの？」

その素朴な問いが、富永の胸に響いた。そうだ。そうなのだ。桐生たちにはあのころこんな可愛い娘がいたのだ。

誰も幼子を残してこの世を去りたくない。子供の成長を見届ける。それは親としての最大の幸福だ。

なのに桐生夫婦はその幸せを捨てて、法を守ることを優先した。一体どうしてだ？

心と会ってその疑問がさらに膨らんだ。

「心ちゃん、探したわよ。こんなところにいたの？」

整った顔立ちをした女性が声をかけてきた。どうやらデータセンターの所員のようだ。

「飯田さん」

そう心が反応する。するとその飯田が屈《かが》んだ拍子に、胸ポケットから何かが落ちた。富永はつい声を漏らす。

「タバコ……」

地面に落ちたものはタバコの箱だった。はっとして飯田が急いでそれを拾い、じろりとこちらを見る。

「何か？」

「いえ……別に」

慌てて目を逸《そ》らす。エリート集団のＨＯＰＥに女性の喫煙者がいるとはちょっと意外だ。

ごまかすように一つ咳払いをし、飯田が声を柔らかくする。

「心ちゃん、もうすぐお父さんとおじさんのスピーチがはじまるわ。さっ、行きましょ」

「……うん」

複雑そうな表情を浮かべる心を見て、富永は少し違和感を覚えた。だが観念したように心が立ち上がり、こちらに顔を向ける。

「じゃあね、ヒデト。オンライン登録してるからまた一緒にゲームやろ」

「わかった」

富永が頷き、飯田が軽く会釈をする。そして心を連れて立ち去っていった。

その二人の後ろ姿を、富永はしばらくの間眺めていた。

7

西村は壇上でスピーチをしていた。

客席は見渡す限り人で埋まり、報道陣はノートパソコンにスピーチの内容を打ち込んでいる。その奥にはテレビカメラがずらっと控え、その映像をテレビやネットを通して世界中に届けている。

とうとうＨＯＰＥがここまで来たのだ。西村はそんな晴れがましい気分になる。もしかすると、これがＡＩ時代の本当の夜明けなのかもしれない。ＨＯＰＥ、そしてのぞみはもっともっと大きくなる。この光景を見てそう確信を深めた。

前川が用意してくれた原稿を読み終え、軽く息継ぎをする。そして声を一段と大きくした。

「さらなるサービス向上を目指し、今日新たなデータセンターをオープンすることができました。この記念すべき日に、この場にもっともふさわしい方をお迎えできたことを心から喜びたいと思います。盛大な拍手でお迎えください。ＡＩ『のぞみ』の開発者、桐生浩介さんです」

舞台の下手《しもて》から桐生が登場すると、会場が割れんばかりの拍手が巻き起こる。また桐生と西村が、フラッシュとシャッター音の嵐を浴びる。ちらっと左手を見ると、心が目を見張っていた。その驚く表情を見て、西村はつい頬を緩めた。

熱気が少し鎮まったのを見計らい、西村が口を開いた。

「桐生さんはこのあと、総理大臣賞授与式への出席が予定されています。それでは桐生さん」

一つ咳払いをしてから桐生が前に向きなおった。

「桐生です。今、西村くんからありがたい紹介をいただきましたが、正直なところ私はAI研究の一線から退いた身です。このような場に出席して良いのかどうか迷っていました。ですがさっき新しいサーバールームを見せていただき、その進化に驚きました。ここまでのぞみを立派に育ててこられた西村くんをはじめ、HOPEのみなさんに深く感謝したいと思います」

立派に育ててこられたか……そういえば桐生はのぞみを開発する際、よくのぞみのメインサーバーに声をかけたりしていた。それはまるで子供の宿題を教えてやる父親のような姿だった。西村は、ふとそのことを思い出した。

すると、その回想をぶち壊すような叫び声が響いた。

「AI反対！　人間の尊厳を奪うな！」

会場の奥から二人の男が立ち上がり、こちらに向かってくる。みるみるうちにその距離は縮まり、壇上に上がった。その目には狂気が宿っている。

過激派の連中だ。表のデモ隊の一味が、いつの間にか会場に紛れ込んでいたのだ。

西村が身構えた瞬間、会場の隅にいた男達が壇上に駆け上がり、手早く過激派を取り押さえた。きゃしゃな体つきの過激派とは違い、屈強な肉体の持ち主だ。過激派の腕関節を締め上げ、床に押さえつける。「社長、桐生さん、こっちへ」

青ざめた顔の前川があらわれ、西村と桐生を舞台袖へ連れて行く。安全が確認できたので、西村がほっと声をかける。

「大丈夫ですか、義兄さん」

「今のは一体なんだ？」

桐生の問いに、別の声が割り込んできた。

「お騒がせして申し訳ありません。今のは過激派の連中で、取り押さえたのは私服刑事です。西村さんから過激派が潜り込む可能性があると相談を受けて、見張らせていただいていました」

声の主は、上品なスーツにメタルフレームのメガネをかけた男だった。

「ありがとうございます。桜庭《さくらば》さん」

そう礼を言ってから桐生の方に向きなおる。

「義兄さん、紹介しますよ。警察庁の桜庭さんです」

桜庭が名刺を差し出した。

「憧れの桐生さんにお会いできて光栄です」

ありがとうございます、と桐生がそれを受け取る。

「桜庭さんは人工知能研究でMITの博士号を取り、帰国後最年少で理事官になられたんです。天才です」

「そんなめっそうもない。桐生さんの前で天才だなんてやめてください」

そう桜庭が謙遜したが、桜庭の実力は本物だ。西村はいくつか桜庭の論文を読んだが、桐生にも勝《まさ》るとも劣らない頭脳を持っている。

西村はAI研究者としての実力は桐生には到底及ばない。けれどその分、人の才能を見抜く力がある。だから桜庭の凄さをよく理解している。正直今すぐ警察庁を辞めさせて、HOPEにスカウトしたいぐらいだ。

改めて桐生と桜庭を見比べる。どちらも冷静で、感情を表に出すタイプではない。AI開発者もこのレベルまで達すると、性格や挙動が似てくるのかもしれない。

会場はまだ騒然としていて、会見が続けられそうな空気ではない。

「社長、ここは収まりそうにありませんし、総理官邸に向かっては……」

すまなそうに前川が口を挟み、西村も同意する。

「義兄さん、そうしましょう」

「それでは私はこれで。桐生さん、総理大臣賞受賞おめでとうございます。私も授与式をテレビで拝見させていただきます」

桜庭が礼儀正しくそう言うと、その場をあとにした。すると桐生がぼそりと漏らした。

「意外だな……」

「えっ、何がですか？」

きょとんと西村が訊くと、桐生がかぶりを振った。

「いや、たいしたことじゃない。それよりあの桜庭さんと前からの顔見知りなのか？」

「ええ、警察でもＡＩの開発を進めているらしく、ＨＯＰＥに協力してもらえないかって依頼があったんですよ」

「警察がＡＩをか!?　まさか悟……」

ぎょっとする桐生を落ちつかせる。

「もちろんお断りしましたよ。警察のＡＩと本来は医療ＡＩであるのぞみとは目的が違いすぎる。うちは人に寄り添うＡＩですからね」

「ならいいんだ」

桐生が肩の力を抜く。その懸念は西村も理解できる。もちろんそれが犯人逮捕へと繋がり、犯罪が減るのならば喜ばしいことだが、一方警察権力が人々を監視することにもなる。その危険性は西村も重々承知だ。

「ところで心ちゃんは？」

西村がきょろきょろすると、ちょうど飯田が心を連れてきた。

「ごめんね。びっくりしただろ」

ほっとして尋ねると、心が答える。

「別に」

「それならよかった。じゃあ一緒に総理官邸に行こう」

全員でエントランスの外に出ると、ハイヤーが待ち構えていた。早速それに乗ろうとすると、

「ちょっと待って。ポシェットにつけてた手鏡がないの」

ポシェットを見て心が慌てている。

「鏡なんかつけてた？」

そう首を傾げると、飯田が代わりに答える。

「つけてましたよ。裏に家族写真が貼ってあるやつよね」

「うん、そう」

心がこくりと頷く。さすが飯田は女性だけあってよく見ている。そして家族写真とは、昔あの海辺で撮った記念の写真のことだろう。それは西村にとっても思い出の写真である。

「なくしたところに心当たりはない？」

飯田が尋ねると、心が焦りながら答える。

「わかんない。探してくる」

そう言って駆け出した。「心！」と桐生が呼び止めるが、心は足を止めずに建物の中に入っていった。

「勝手ばかりで申し訳ない」

頭を下げる桐生に、飯田が優しく言った。

「桐生さん、お気になさらないでください。私、心ちゃんの気持ちわかります。私も小さい時に父親を亡くして、写真をずっと持ち歩いていました。やっぱりデジタルじゃなくて紙なんですよね」

飯田にもそんな過去があったのか、と西村はしんみりする。そしてそれを聞いてすぐに決断した。

「義兄さん、あの写真は僕にとっても大切なものです。写真が見つかったら心ちゃんとあとを追いかけますので、義兄さんは先に行っててください。飯田さんは義兄さんに同行してください」

「わかりました。桐生さん、行きましょう」

そう飯田が促し、ああと桐生が頷く。そして二人が乗り込むと、ハイヤーはすぐに出発した。

西村は踵を返し、建物の中に戻った。エレベーター付近で心が立ち往生している。すぐに近寄り、声をかける。

「心ちゃん、もしかしてサーバールームの中に落としたとか」

「そうかもしれない」

二人でエレベーターに乗り、サーバールームに直行する。途中のコントロール室に立ち寄ると、作業中の一ノ瀬が驚いて声をかけてきた。

「社長！　首相官邸に向かわれたのでは……」

「心ちゃんが、手鏡をなくしたみたいなんだ。見なかったか？」

「いや……見かけてないですね。お手伝いします！」

「とりあえずこっちで探すよ。君たちは仕事を続けて」

一ノ瀬を含めた他の社員が手を止めていたのでそう促した。ちょうどコントロール室に向かおうとしていた前川とともにサーバールームに入る。入った途端、肌寒さを感じる。それにこの空間は広大だ。心が歩いた場所だけでもかなりの範囲になる。手分けしてくまなく探してみたが、どこにも見当たらない。

「ありませんね……」

狼狽《ろうばい》したように前川が言い、西村は時計を確認した。今、桐生はどのあたりだろうか？　このままでは追いつきそうにない。

その時だ。突然けたたましいアラーム音が響き、緊急ランプが点滅をはじめた。

「なんだ」

ぎょっとして尋ねると、前川が緊迫気味に返す。

「わかりません。こんなこと今まで……」

「考えられる原因は何ですか？」

「すっ、すみません。見当もつきません」

色を失った前川が頭を下げる。その表情を見て、西村の背中に汗が滲んだ。自分にも原因がさっぱりわからない。困惑で喉の奥の気道が狭まり、息苦しくなる。

二人でサーバールームを出て、急ぎ足でコントロール室に戻る。セキュリティー上、内部は迷路のようになっている。緊急の際には不便だ。

コントロール室に入るや否や、困惑している一ノ瀬に飛びつくように尋ねる。

「どうしたんだ。何があった？」

「のぞみに異変があったみたいです」

「のぞみが……」

その瞬間血が凍りついた。のぞみが故障するなど前代未聞の事態だ。そこではっと我に返る。

「心ちゃんは、心ちゃんはどこに行った?」

「まだサーバールームの中に」

前川もそこで気付いた。すると室内にのぞみの声が響き渡った。

〈インシデント発生。セキュリティーロックをします〉

それを聞いて西村は慄然《りつぜん》とした。いつもの優しげな声ではなく、硬質で冷たい声になっている。まるでのぞみの中に潜んでいた邪悪な人格が発しているような響きだ。

AIに対して奇妙な表現だが、そうとしか言いようがない。

慌ててコントロール室を出て駆け出した。到着すると、サーバールームのドアが閉まっていくところだった。

「ちょっと待て。まだ中に人が……」

〈セキュリティーロックします〉

無情な声が降り注ぐ。そこで心もドアが閉じつつあることに気づいた。慌ててこちらに駆けてくるが、間に合いそうにない。

「心ちゃん!」

西村が待てと叫んだが、心が飛び出す寸前にドアが完全に閉まり、心は勢い余ってガラス扉に衝突した。そしてそのまま床に倒れ伏す。西村はドアを叩いて心の名を呼ぶが、心は一切反応しない。どうやら脳震盪《のうしんとう》を起こしたようだ。

西村は渾身の力でドアを連打したが、ドアも心も一切動かなかった。

8

富永は荒巻と共にデータセンターを出た。もうオープニングセレモニーは終わっていた。

「それにしても驚きましたね。まさか過激派が紛れ込んでるなんて」

桐生のスピーチ中に過激派が乱入してきたのだ。

「でもあいつらが私服警官に取り押さえられた時にはひやひやしましたよ。中に富永さんがまじっててんじゃないかと思って。さすがに先輩が警官にボコられるのを見たくないですからね」

「誰が過激派だ。俺はＡＩが嫌いってだけだ。奴らの気持ちもわからないではないが、俺の武器はペンだからな」

相変わらず口の減らない奴だ。

「もう今日は仕事じまいだ。ビールでも呑むぞ」

「あれっ、首相官邸に行かなくていいんですか。桐生の授与式は見ないんですか。富永さん、桐生狙ってるんじゃないんですか」

「いいんだよ」

西村経由で桐生へ独占取材できることはまだ荒巻には伝えていない。

どこか店がないか探していると、ちょうどセンターを出た道の向かいに古びた食堂があった。近代的なさっきのデータセンターとはまるで違う。

店に入ると、壁一面に貼られたメニューが出迎えてくれる。この手の店でいつも思うが、本当にこれだけの品数を作れるのだろうか？

右隅の棚の上にはテレビが置かれ、その下に雑誌が山積みになっている。このご時世にまだ紙の雑誌を置いているのだ。デイリーポストまである。もうこの一点だけで、お気に入りの店となった。

中央に穴の空いた椅子に座ると、がたがたと揺れる。この座りにくさと揺れ具合がたまらない。

「いい店だな」

「そうですか。ただ古いだけでしょ」

そう荒巻が首を傾げると、店主らしき女性が水入りのコップを置いた。

「はい、どうぞ」

割烹着《かっぽうぎ》を着て、見るからに食堂のおばちゃんという佇まいだ。

「おばちゃん、この店はＨＯＰＥの人間はよく来るの？」

富永の問いに、おばちゃんが笑顔で応じる。

「ああ、来てくれるよ。私はのぞみにも世話になってるからね」

「どういうことだい？」

おばちゃんが自分の胸を指差す。

「心臓を悪くしちゃってここにペースメーカーを入れたんだよ。そのペースメーカーをのぞみが管理してくれてるんだ」

荒巻が合点するように言う。

「ああ、田中総理と同じなんですね」

「そうそう。田中総理ものぞみが管理するペースメーカー入れてるからね。正直心臓の病気になった時は、この食堂も閉めるしかないかと覚悟したけど、のぞみのおかげでなんとか続けられてるよ。この食堂は私の命みたいなもんだからね。のぞみはまさに命の恩人だよ」

満面の笑みでおばちゃんがそう返すと、荒巻がにやにやと言う。

「ほらっ、富永さん、ＡＩもちゃんと役に立ってるでしょ」

富永は押し黙った。ＡＩは親父の生きがいを奪ったが、こうしておばちゃんの生きがいを守っている。天使か悪魔か？　西村と話してから、その疑問がずっと頭の中にこびりついている。

おばちゃんが厨房へと戻ると、荒巻が顔を斜め上に向けた。

「ちょうどその田中総理が映ってますよ」

テレビで、目に鮮やかな赤いジャケットにスカートを穿《は》いた田中総理が演説している。彼女の命ものぞみが支えているのだ。

もうすぐ桐生とこの田中が顔を合わせるのだ。桐生は一体どんな表情を見せるのだろうか？　総理官邸に行った方がよかったかなと一瞬後悔したその時だ。

ガチャンと何かが割れる音がした。ぎょっとしてそちらを見ると、おばちゃんがしゃがみ込んでいる。お盆に載せたビールジョッキが落ちた音だったのだ。

「あっ、痛《い》たた」

「どうしたんだ」

富永もしゃがみ込んで様子を窺う。おばちゃんは胸を押さえている。顔一面に脂汗《あぶらあせ》が滲んでいた。

「なんだ。何があったんだ」

「わかりません」

困惑の表情で荒巻が返すと、テレビから騒ぎ声が聞こえた。画面の中で、田中総理が膝を折って喘《あえ》いでいる。このおばちゃんと同じ状況だ。

「富永さん、これって……」

「のぞみに異変があったんだ」

ペースメーカーをつけた二人が同時に苦しんでいるのだ。そうとしか考えられない。

「荒巻、おまえはおばちゃんの面倒を見てろ。俺はデータセンターに行く」

そう言い置き、富永は扉を開けて飛び出した。その瞬間、あっと声を上げそうになり咄嗟《とっさ》に呑み込んだ。

外の道路では車が何台も衝突してぐしゃぐしゃになっている。中には血だらけの人もいる。その惨劇を見て、子供が泣き喚いていた。

「なんだ。何が起きてるんだ……」

背筋に寒気が走った。

9

ぴくりとも動かない心を見ながら、西村は呆然としていた。

「社長、とりあえずコントロール室に！」

顔面蒼白になった前川が声をかけてきたので、二人でコントロール室に戻る。そして中央のモニターを見て西村は色を失った。

そこには各地の映像が流れていた。

あるところでは車が玉突き事故を起こしている。またある病院では自動処方装置から大量の錠剤が流れ出て、薬剤師が対処に追われている。手術室ではARメガネをかけた医者が、両手を血でぐっしょり濡らしたまま、モニターに向かって何やら叫んでいる。

そのすべてがのぞみに関係したものだ。やはりのぞみに異変があったのだ。

こちらも大混乱だ。電話が鳴り響き、あちこちで怒号が飛び交っている。のぞみのいつもは緑色に光るモニターの下の線が、赤色に切り替わっている。その不気味に光る赤が、西村の心臓の鼓動を早める。

前川が大声で命じる。

「仙台リージョンに切り替えろ」

仙台にもＨＯＰＥのデータセンターがある。

「ダメです。切り替えられません」

血相を変えた一ノ瀬が首を横に振り、西村がすがりつくように尋ねる。

「心ちゃんが閉じ込められてる。ドアは開かないのか？」

まずは心を救いたい。

「無理です。のぞみが強制ロックをかけています」

一ノ瀬が叫ぶように答えた直後、モニターの中の心が頭を起こした。まだぼんやりしているようだが、どうやら怪我はなさそうだ。とりあえずひと安心する。

その直後、サーバールームに異変が起こった。床下にある無数のマシンの電源が消えはじめたのだ。ドミノ倒しのように、明かりが順々に消えていく。

西村がそれを目で追いかける。そして最後に淡い光を放っていたのぞみ本体に、突然黒い線が浮かんだ。上からインクがたれ落ちているかのようだ。それを見て、心も怯《おび》えている。

「悟おじさん！」

心が扉を叩く。どうにかしてやりたいが、サーバールームのドアは特殊強化ガラスでできている。青ざめる心を目《ま》の当たりにして、西村は身悶えした。

のぞみが纏《まと》う光が縦縞になった。いつもの柔和な表情から一転、禍々《まがまが》しい表情で覆われたのぞみが、警戒の声を発する。

〈攻撃を受けてます。自己防衛モードに切り替えます〉

それを聞いて西村が呆然と声を漏らした。

「ありえない。のぞみのセキュリティーは鉄壁のはずだ」

のぞみのセキュリティーに関しては、万全の体制を整えている。一流のハッカーが束《たば》になってかかっても、絶対に破れないと断言できる。想定外の事態が起こりすぎて、頭がうまく回らない。

「西村さん、これは何事ですか?」

その声にはっとして振り向くと、そこに警察庁の桜庭がいた。その後ろには他の警察官も控えている。

「桜庭さん、どうやってここに」

セレモニー中であっても、HOPEの心臓部であるここまでは部外者は入れないはずだ。

「御社の社員の方から、のぞみに不正アクセスの疑いありと、ここに案内されました。それよりいったい何が起きているのですか」

一ノ瀬が叫び、モニターにかじりつく。

「確かに突破されてます。マルウェアが侵入をくり返している。信じられない……」

口を半開きにしている。冷静沈着な一ノ瀬がこんな表情をする。その一点だけで今の非常事態ぶりが窺える。

すると桜庭が野太い声を吐いた。

「みなさん、落ちついて！」

その一言で、水を打ったように静まる。桜庭は普段もの静かで、抑えた声で話す。そんな男が上げた大声なだけに、西村は仰天した。

桜庭が普段の声に戻り、嚙《か》んで含めるように言った。

「のぞみがマルウェアに侵入される。確かに信じがたいことが起きています。だがこういう時こそ冷静に対処しなければならない。西村さん」

「なんでしょうか」

「うちのサイバー犯罪対策課が原因を解析します。のぞみは今や国家インフラだ。これ以上の被害は絶対に阻止しなければならない。のぞみのシステムを拝見させていただいてよろしいですか？」

前川が間髪入れず口を挟む。

「それは困ります。のぞみの情報が漏れる危険性がある」

西村が手でそれを制した。

「……いや、前川さん、今はそんな悠長なことを言ってる場合ではない。すでに今ものぞみは何者かから攻撃され続けている。桜庭さん、お願いします」

未曾有《みぞう》の事態だ。ここはＨＯＰＥの都合など二の次だ。

「よしっ、攻撃元を特定しろ」

桜庭が命じると、サイバー課の人間がノートパソコンをのぞみのネット端末につなぎ、同時にキーボードを叩きはじめる。

それにしても桜庭はたいした男だ、と西村はいたく感心した。こんな非常事態だからこそその冷静さが際立《きわだ》っている。そうだ。自分も組織を率いる者として桜庭を見習わなければならない。

サイバー課の人間が声を上げる。

「フォレンジックの結果、不審なファイルを発見しました」

「検体特定。今から解析に移ります」

かなりの速度だ。桜庭には相当優秀な部下がいるようだ。

するとまたのぞみが声を発した。

〈熱上昇により急速冷却モードを作動します〉

のぞみが激しく点滅している。床を流れている循環液の流れが速さを増し、空調の音が激しくなる。

ガラスの向こうの心が体を震わせはじめた。モニターを凝視している一ノ瀬が、焦った声で叫んだ。

「冷却システムが勝手に作動。ものすごいスピードで室温が下がっています」

「心ちゃん！」

落ちついて対処する。そう決めたはずなのに、思わず悲痛な声を上げてしまう。だがどうにか気持ちを立てなおし、大声で命じる。

「のぞみ、シャットダウンしろ。中に子供がいる」

するとのぞみが言った。

〈拒否します。その命令を実行すれば、ユーザーの健康および生命に損害が生じます。よってシステムを落とすことはできません〉

一同が騒然とし、西村がわなわなと言った。

「……ＡＩが、のぞみがなんで命令を聞かないんだ？」

人間の命令には絶対に従う。そういうプログラムを施している。なのになぜその命令を拒否するのだ？

疑問で頭が割れそうになっていると、静かな声で桜庭が訊いた。

「西村さん、のぞみは何者かにハッキングを受けて乗っ取られています。犯人に心当たりは？」

「そんなものありません」

悲鳴混じりにそう答えたが、正確にはそうではない。心当たりがないのではなく、心当たりが多すぎて特定できないのだ。

ＨＯＰＥとのぞみは巨大になりすぎた。今や日本の国家インフラにまで成長したのだ。のぞみを敵視しての攻撃ではなく、日本という国を狙ってのハッキングかもしれない。国家規模のテロ行為だ。日本に恨みを抱くものなど星の数ほどいる。

するとと前川がおずおずと言った。

「……私、犯人に心当たりがあるんですが」

「なんですって」

つい声が大きくなる。西村とは対照的に、抑えた声で桜庭が尋ねた。

「誰ですか？」

「記者です。最近怪しい記者がこのあたりをうろついてたんです」

前川の答えに、西村はぎくりとした。

それはデイリーポストの富永のことだ。まだ前川には富永のことを伝えていない。確かに富永が西村の前に姿を見せてから起きた大事件だ。富永がHOPEを調べていたのも、もしかするとこのテロを起こすための布石だったのではないだろうか。

しかも富永はAI嫌いだと言っていた。のぞみは今やAIを代表する存在になっている。AIへの敵愾心《てきがいしん》からこんなことをしたのか？　だが、まさかあの男が犯人だなんて……。

「一応頭の中に入れておきます」

そう桜庭が言うと、部下のパソコンの方に目を向けた。

西村は中央モニターを見た。全国ののぞみユーザーが混乱に陥っている光景が映っている。目を覆いたくなるが、自分には彼らに対する責任があるのだ。

その時だ。右隅の画面に視線が釘付けになる。

「……前川さん」

「はい……」

怪訝そうにする前川に、震える声で尋ねる。

「あれって、もしかして田中総理ですか？」

今気づいた。ちょうど田中が救急車で搬送されているのだ。

「そうです。田中総理はのぞみが管理するペースメーカーを付けているので……」

語尾を弱めた前川の言葉が、最後は耳に入らなかった。嫌な、とてつもなく嫌な予感が、胸の中をかき乱している。

するとサイバー課の警官が叫んだ。

「発信源が特定されました！」

「表示しろ」

桜庭が張りのある声で命じる。

モニターの映像が切り替わり、一同がかぶりつくようにそれを見る。

そこには日本地図が映されていた。それがどんどん拡大される。関東圏、東京と範囲が狭まり、その中央が赤く光る。

「住所は東京都江戸川区一之江一—三七—一二」

「俯瞰《ふかん》映像にしろ」

その桜庭の声とほぼ同時に、一台のハイヤーと思《おぼ》しき車の外観が映し出される。

「社長、これは……」

かすれた声を前川が漏らしたが、西村は口を閉ざしている。嫌な予感が、破裂寸前に膨らみ喉元を塞《ふさ》いでいる。

「Ｆｌｙ《フライ》の映像にしろ」

桜庭が一段と声を強めると、モニターの映像がまた切り替わる。渋滞中の高速道路が映り込み、ふらふらと動いていく。どうやらドローンの映像だ。

つい、という感じで一ノ瀬が訊いた。

「ドローンですか……」

「その通りです」桜庭が認める。

「私が開発した超小型ドローン『Ｆｌｙ』です。ハエ型で誰にも気付かれずに監視ができる」

しかもその映像は鮮明だ。桜庭率いるサイバー課の技術力はかなりのものだ。

次第にＦｌｙがその車の横に回り込み、車内の光景を映し出した。

その瞬間、西村は凍りついた。胸の中をうごめく嫌な予感が、現実になって網膜に襲いかかる。

そのモニターに映っていたのは……。

桐生浩介だった。

10

前川が呆然と漏らした。

「桐生さんが、のぞみを暴走させたテロリスト……」

一ノ瀬や他のＨＯＰＥ社員も同様の面持ちをしている。ＨＯＰＥ社員にとって、桐生は神に等しい存在だ。そんな人間がのぞみを暴走させ、人々を混乱の渦に陥らせている。とても信じられない光景なのだろう。

だが西村だけは、やっぱりというように唇を噛んだ。あの嫌な予感とは、桐生が犯人ではないかという予感だった。そしてそんな想いを抱いたのは、田中総理が搬送されている映像を見てしまったからだ。

なぜ桐生は突然日本に帰国したのか？　なぜ望の命を奪ったとも言える田中総理に

会うことにしたのか？

記者の富永はそう疑問をぶつけてきた。あの時はあいまいにごまかしたが、正直西村にもその理由がわからなかった。

だが今、はっきりとそれが判明した。それは田中への復讐のためではないか。のぞみを暴走させれば、田中のペースメーカーが止まり、田中が殺せる。それが桐生が日本に戻り、のぞみを暴走させた動機なのかもしれない……。

でもあの義兄さんが、自分の復讐のためにこれほど大勢の人を巻き添えにするだろうか？　西村にはとても信じることができない。これは、何かの間違いだ。

サーバールームの映像を見て心の様子を確認する。呆然と立ち尽くす心を覆い隠すようにシェードが降りてきた。心は渡さない。そんなのぞみの意思のようなものを感じ、西村は慄然とした。

「発信源捕捉！」

モニターから声が轟《とどろ》いた。西村が視線を横にずらすと、異様な格好の人間たちがいた。全身に黒色の防護服をまとっている。ヘルメットもゴーグルも黒で、フェイスガードも黒だ。黒ずくめで表情も見えないので、物々しさが際立っている。さらに手にはライフルのようなものを持っていた。

「サイバー情報戦略部隊、Ｃｙｂｅｒ　Ｉｎｔｅｌｌｉｇｅｎｃｅ　Ｔａｃｔｉｃｓ

Ｅｎｆｏｒｃｅｍｅｎｔ、略して『ＣＩＴＥ《サイト》』です」

桜庭が感情のない声で説明する。いつの間にこんな武装部隊を手配したのだろうか。迅速すぎて頭が現実に追いつかない。

ＣＩＴＥの隊員が車のタイヤを拳銃で打ち、電子警棒で窓を粉砕した。ドアを開け、桐生を無理やり外へと連れ出す。そしてその手から何かのデバイスを取り上げる。

「シー・アンド・シー・サーバー操作端末を保有しています。ワーム型マルウェアです」

「これで間違いない。テロリストは桐生浩介だ」

と桜庭が硬い声で断じる。

モニターでは隊員に取り囲まれた桐生が何やら喚いている。けれどこちらにはその声が聞こえてこない。同乗していた飯田も突然のことで目を丸くしたまま何もできないでいる。

なんだ。のぞみを暴走させた犯人が義兄さんで、警察に取り押さえられている。これは本当に今起きている光景なのか……。

思考が停止し、息すらもできない。ただただ呆然と画面に見入ることしかできない。

「そっ、そんなはずがない。桐生さんが、あの桐生浩介がこんなことをするはずがない」

我を忘れたように一ノ瀬が叫んだ。桐生への尊敬の念がそう言わせたのだ。

「いや、犯人は桐生さんだ。桐生さんには動機がある」

桜庭がにべもなく答える。

「動機？　そんなものあるわけがない」

そう一ノ瀬が否定すると、桜庭がモニターの一つを指差した。その指先を見て、西村はぎくりとする。

「動機は田中総理への復讐だ。そう言えば、ＨＯＰＥのみなさんはおわかりでしょう」

その桜庭の指摘に、一ノ瀬、前川、そして全社員が色を失った。さすが桜庭だ。もうその動機に気づいている。

「理事官！」

サイバー課の一人の呼びかけで、一同が弾かれたようにメインのモニターを見る。激しい衝撃音が聞こえると、陸橋の欄干から車が飛び出してきた。のぞみの暴走のせいで、自動運転車が制御できなくなっているのだ。

車はそのまま落下してくる。その落下点は桐生たちがいる辺りだ。車はそのまま道路へと衝突した。音は聞こえないが、逆にその方が迫力は伝わってくる。

突然の事態に、現場のＣＩＴＥの隊員は立ちすくんでいる。その目を覚ますように、桜庭が一喝した。

「何をしてる！　桐生は!?」

モニターの画像からは桐生が消えていた。この間隙《かんげき》をついて逃げたのだ。ＣＩＴＥの隊員が慌てて追跡しようとするが、事故のせいで道路は大混乱だ。

「くそっ」

桜庭が舌打ちすると、サイバー課の隊員に命じる。桜庭でも舌打ちなどするのか、と西村は妙なところに驚いた。だがすぐに冷静さを取り戻し、淡々と命じた。

「おまえたちはここに残って引き続き捜査を続けろ。私は本庁に戻って百眼《ひゃくめ》の使用許可をもらってくる」

ヒャクメ？　その言葉が引っかかったが、それよりもこのまま桐生を犯人と断定させてはならない。

「ちょっと待ってください。桜庭さん、本当に義兄が犯人だと思ってるんですか」

「桐生さんはシー・アンド・シー・サーバー操作端末を所持していた上に、動機もある。それに何より鉄壁のセキュリティーを誇るのぞみ内部にまで侵入できる人間は、のぞみの産みの親である桐生浩介以外に考えられません」

その確信に満ちた桜庭の声に、西村は次の言葉を呑み込んだ。桐生が犯人だとは信じたくはない。だが桜庭の言う通り、この犯行が実行可能なのは桐生しかいない……その矛盾に西村は激しく困惑した。

すると桜庭が切々と言った。

「西村さん、桐生さんがこんなことをされて残念なのはあなただけではありません。私もです。桐生さんは私の憧れであり、尊敬すべきAI研究者だ……だが私の今の身分は警察官だ。こんなテロ行為を断じて許すわけにはいきません。私は必ず彼を逮捕します。それでは」

颯爽《さっそう》と立ち去る桜庭を、西村は呆然と見つめていた。桜庭のような冷静さを見習いたいなどという思いは今度は浮かばない。

無だ……思考も、動きも、何もかもが停止している。

「だめだ。室温の低下が止められません」

顔を歪めた一ノ瀬の声に西村が飛び上がる。ガラスの向こうでは、心がしゃがみ込んで震えている。その顔からはもう血の気が消えつつある。

「体温が三五度以下になると低体温症のリスクが高まります。メインサーバーの放射熱を考慮しても、二四時間持つかどうか……」

「なんだって……」

つまりあとたった一日でのぞみの暴走を食い止めなければ、心は命を落としてしまうのだ。短い。あまりに短すぎる……。

がたがたと震える心を見て、西村は全身から冷や汗がふき出た。

11

富永と荒巻はデイリーポストの編集部に戻った。

待ちあぐねていたように、大町がせかせかと言った。

「おい、やっと帰ってきたのか。遅いぞ」

「すみません。渋滞がすごくて」

富永がすぐさま謝る。のぞみが暴走し、街は大混乱となっている。のぞみが管理する自動運転車はすべて制御不能になり、交通網が麻痺《まひ》している。幸いにも荒巻がバイクでデータセンターに来ていたため、車列を縫うようにしながら戻ってこられたのだ。

食堂のおばちゃんは近くに医院があったのでなんとか無事だった。その無事を確認してから東京に帰ってきたのだ。

「それよりこの事態の原因はなんだ？」

「わかりません。データセンターも封鎖されて部外者は立ち入り禁止になりました」

のぞみがなぜ異常を来《きた》したのか？　その原因を探るためすぐにデータセンターに向かったのだが、門が閉鎖されていた。ただ警備員たちの慌て方で、非常事態が起こったのだけはわかる。

「それより被害状況はどうですか？」

そう問い返すと、大町が神妙な顔で答えた。

「車の追突事故があちこちで起こって、死傷者も多数出ている。一番悲惨なのは赤ん坊の事故だ」

「どういうことですか？」

「……のぞみが管理するベビーカーが暴走して、階段から転げ落ちた。乗っていた赤ん坊は頭を強く打って死亡したそうだ」

「そんな……」

子供が命を奪われることほどやりきれないことはない。

「……富永さんの言う通りだ」

「どういうことだ」

呆然と漏らす荒巻に訊き返す。

「日本はＡＩに、のぞみに頼りすぎてたんだ。のぞみは絶対に安全だ。俺も、日本国民の多くもそう思い込んでいた。でも世の中には絶対なんてないんだ……」

その通りだ。富永はそう即答できなかった。おそらくのぞみ以外のＡＩがこんな事態を招いたのならば、すぐさま同意できただろう。ほら見たことか、ＡＩなんて悪魔の発明だと散々言ってきただろう。そう声高《こわだか》に言ってのけることができた。

でも今はそんな気分になれない。のぞみが、西村率いるＨＯＰＥが管理するのぞみが、こんな大事件を起こした。その衝撃の方が上回っている。

すると、大町が暗い声で補足した。

「さらに今ニュースがあった。田中総理がペースメーカーの誤作動で死亡したそうだ……」

食堂のテレビで田中が苦しんでいる映像を見たが、とうとう命まで奪われてしまったのか……。

その刹那《せつな》、富永の脳裏にある考えが浮かんだ。もしこれがのぞみ自体の異常ではなく、何者かの仕業《しわざ》だとしたら？　そしてその狙いが、田中総理の命だったとしたら？　そんな動機がある人間は？

「あっ、テレビで臨時ニュースやってますよ」

荒巻が言うと、他の編集部員の視線がそこに集まる。富永も我に返って目をやった。

ニュースキャスターが緊張気味に言った。

「今回のAIのぞみの暴走による死傷者は一万人を超え、未《いま》だにその被害は拡大しています。そして警察庁はこのテロ行為の容疑者として、のぞみの開発者である桐生浩介を緊急指名手配しました」

「犯人が桐生浩介……」

驚愕《きようがく》が弾丸となり、富永の心臓を貫く。さっき浮かんだ考えは真実だったのだ。そしてそこではっとした。

「そうか、だから桐生は日本に戻ってきたのか」

「富永、どういうことだ」

食いつくように大町が尋ねる。

「いや、姿を消していた桐生が、なぜ今になって帰国したのかずっと疑問だったんです。授与式で、妻の桐生望の命を奪った田中総理と会わなければならない。どうして桐生はそんなことをするんだろうと頭の中で引っかかってたんです」

「そうか、桐生は田中に復讐するために日本に戻ってきたのか。そして田中のペースメーカーを誤作動させるため、のぞみを暴走させた」

膝を打つ大町に、荒巻が怒声を上げる。

「じゃあ桐生は田中一人の命を奪うために、これだけ大勢の人の命を巻き添えにしたということですか。とんでもない大悪党じゃないですか」
「ああ、こんなテロ行為は絶対に許されない。桐生逮捕のために俺らデイリーポスト
も総力を上げてやるぞ！」
声を大にして大町が言うと、おお、と全員が拳《こぶし》を突き上げた。
だが富永はそれができなかった。その代わりに鞄をまさぐり、手紙を取り出した。
それは桐生から送られた手紙だ。それを広げ、ある一点を見つめる。そこには鉛筆の
消し残しがある。その跡が富永の心に問いかけてくる。
本当か……本当にこれほど心のこもった手紙を書く人間が、こんな前代未聞のテロ
事件を起こすのか？　犯人は桐生で間違いないのか？
そう心の中で叫びながら、富永は考えに沈み込んだ。

12

合田は警視庁の廊下を歩いていた。
大会議室に入ると、中は捜査員で埋まっていた。東京中から人相が悪くて、力自慢
の人間を集めたような感じだ。麹町署の刑事である自分までもが駆り出されているの
だ。今回のテロの規模の大きさがわかる。

犯人はのぞみの開発者である桐生浩介だ。動機は田中総理への復讐だろうということはもうすでに聞いている。

ＡＩなんかに頼るからこんなことになるんじゃねえか。そう毒づきたくなる気分を堪《こら》えて席に座ろうとすると、

「総理まで殺された未曾有のテロ事件だ。一刻も早く被疑者を逮捕しろ！」

刑事部長が活を入れ、一同が立ち上がる。どうやらもう会議は終わりのようだ。怒濤のごとく全員が部屋を出て行く。これ幸いと出て行こうとすると、

「合田、遅いぞ」

藤木《ふじき》が怒鳴った。藤木は本庁捜査一課の係長だ。合田よりも年齢は一〇歳も下だが、もちろん階級は上だ。これがキャリア組と非キャリア組の差だ。

「いやあ、すみません。すごい渋滞だったんで」

「……まあいい。おまえはこいつと一緒にサイバー班に行け。連絡係だ」

そこでようやく横にいる人物が目に入った。男ではない。女だ。髪を後ろでひとつにくくり、動きやすそうなパンツスーツを着ている。女が慌てて頭を下げた。

「捜査一課の奥瀬《おくせ》です。よっ、よろしくお願いします」

おどおどとして合田の顔を正視できていない。刑事というよりは、地味な田舎の女子大生だ。

「ちょっと待ってくださいよ。なんで俺が新米の面倒みなきゃならないんですか。連絡係って、ここは学校ですか。だいたいサイバー班ってなんなんですか。いつから警察にそんなＳＦ映画みたいな部署ができたんですか」

「つべこべ言うな。とにかく行け」

うるさそうに藤木が手で追い払う。合田がちらりと奥瀬を見ると、怯えたねずみのような顔をしている。この年になって子守りかよ、と合田はため息をついた。

仕方なく奥瀬を連れて、サイバー班がある地下に向かう。

「おい、奥瀬とか言ったな」

「はっ、はい。なんでしょうか？」

「そのサイバー班ってのはなんだ？」

「桜庭理事官がお作りになられた新設の部署です」

最近理事官に就任した男だが、詳しいことは知らない。

「その桜庭理事官ってのはどんな人なんだ」

「天才です」

奥瀬が妙に高ぶっている。その反応に、合田は目を丸くする。

「天才？　どういうことだ」

「桜庭理事官は人工知能研究でＭＩＴの博士号を取り、帰国後最年少で理事官にならられたお方です」

「またＡＩかよ！」

頭がくらくらする。ＡＩのせいでこんな大騒動になっているのに、またＡＩに頼るつもりなのか。

「そんなお偉い学者がなんで警察官になったんだ。シリコンバレーでＡＩと仲良くたわむれてりゃいいだろ」

「さあ、それは……」

奥瀬が首をひねっている。

エレベーターに乗って、地下にあるサイバー班の捜査室に向かう。廊下はコンクリートの打ちっぱなしのままだ。等間隔に緑色の柱が並び、天井からは青いパイプが剝き出しになっている。この奥は秘密基地ですよという感じだ。

扉を開けると、中はずいぶんと暗い。階段を少し降りて、辺りの様子を見回す。学校の教室二つ分ぐらいの広さで、壁際には棚や大型のサーバーがある。そしてあちこちに段ボール箱が山積みにされている。

捜査員たちのデスクの上のパソコンにも透明のビニールシートがかけられたままで、全員総出で開封作業をしている。まるで引越し中みたいだ。

そして何より目立っているのが中央に浮かぶモニターだ。部屋の壁一面を覆っていて、一目では全体を把握できないほど大きい。

その前に二人の男が立っていた。

「やっと来たか、連絡係が」

一人の大柄でゴリラのような男がそう言った。面構えを見ればどういう人間かわかる。尊大で感情的な性格だろう。

「サイバー犯罪対策課係長の望月《もちづき》だ」

合田と奥瀬が名乗ろうとするのを遮《さえぎ》るように「理事官入力が終わりました」ともう一人の男を見て言った。嫌な野郎だ、と合田が顔をしかめる。

もう一人の方は望月とはずいぶん毛色が違う。

背が高く、精悍な顔立ちをしている。合田のようなくたびれたスーツではなく、艶《つや》のあるスーツを身にまとっている。聞き込みや張り込みなど一切しません、このスーツがそう物語っている。

これが桜庭理事官か、と合田はじっと観察した。表情に一切動きがなく、感情が容易に読み取れない。望月とはまるで逆の人種だ。

桜庭が抑揚のない声で命じる。

「立ち上げてください」

起動します、と他の警察官が応じ、モニターに映像が浮かびはじめる。どうやら監視カメラの映像らしい。

「尊敬するＡＩ開発者を追わなければならないのは大変遺憾です。だがこれはＡＩ『百眼』のデビュー戦だ。力を尽くして被疑者を逮捕しましょう」

そう桜庭が言うと、「はい」と一同が力強く答えた。

桜庭がモニターの方を見て言った。

「マル被・桐生浩介。百眼、位置情報を」

するとモニターから機械的な声が返ってきた。

〈解析、はじめます〉

モニターに桐生浩介の過去の写真や、ニュース映像、逃走直前の監視カメラで捉えた姿が次々と映し出される。

「おいおい、なんだこりゃ」

思わず声を上げる合田を、望月が睨《にら》みつける。

「黙って見てろ。ここはサイバー班のシマだ」

桜庭がたしなめるように言う。

「いえ、望月さん。刑事部との連絡を円滑にするためにも彼らに百眼の性能は知っておいてもらった方がいい」

「そうですか」

望月がすぐに態度を翻《ひるがえ》す。現金なやつだと合田は不快になった。

桜庭が流暢《りゅうちょう》に説明する。

「百眼は私が開発した捜査ＡＩです。日本全国にある防犯カメラ、生体認証デバイスの数は現在九億五〇〇〇万台にものぼります。百眼はその中から被害者の顔、骨格、指紋掌紋《しょうもん》、音声などを集計分析し、位置情報を割り出してくれます。つまりＡＩの機能を使って犯人を迅速に探し当てることができるのです」

「なんだと。じゃあ犯人探しをＡＩにさせるのか」

目を剝く合田に、望月が自慢げに言う。

「犯人探しだけじゃない。百眼には犯罪を犯す確率の高い人間を予測し、数値化する機能もある。その数値が高い人間を監視すれば、未然に犯罪を防げるわけだ。これがあればおまえのようなロートル刑事や、職質のための警察官も必要なくなる」

なるほど。どうやら望月という男は、ＡＩを使って刑事や警察官の数を減らしたいらしい。どうりでさっきから合田に対する態度に含みがあるわけだ。

すると百眼が声を発した。

〈桐生捜索に関する副次的情報です。全国で五三二四件の軽犯罪を発見しました。所《しょ》轄《かつ》署へ通報しますか〉

「すごい。こんな短時間でそれだけの犯罪を見つけたんですか」

驚嘆する奥瀬を見て、望月が快活な声を上げる。

「そうだ。これが百眼の力だ。百眼を有効活用すればこの世から犯罪など一掃できる」

その自慢話にかまわず桜庭が続ける。

「百眼、通報お願いします。ただし以降は被疑者の行方だけを報告してください」

〈かしこまりました〉

「桐生以外の情報は切りますか？」

サイバー班の人間が尋ねると、桜庭が小さく首を振る。

「困ってる人がいれば助けるべきです。それに百眼は報酬系で成長する。犯罪行為を見つければ見つけるほど進化する」

その発言を聞いて、合田は複雑な気分になった。望月からは感じられないが、桜庭には正義の心がある。それは合田が刑事としてもっとも大事にしているものだ。だがそんな人間が、ＡＩを使って刑事の仕事を奪おうとしているのだ。

百眼がさらりと言った。

〈被疑者を発見しました〉

「ええ、もう桐生を見つけたんですか」

奥瀬が頓狂《とんきょう》な声を上げると、望月が笑みを深くした。

「ついてる。桐生はスマートウォッチをつけてたみたいだ」

「ＧＰＳってやつか」

デジタル機器を身につけていたら、どこにいるかすぐにわかってしまう時代らしい。

百眼が抑揚のない声で告げる。

〈東京都江戸川区小松川六―九―一二〉

「すぐに付近の警察官に連絡を」

「はい」

桜庭が命じると、サイバー班の人間がキーボードを打ちはじめる。するとすぐに、〈マル被発見〉という声が轟いた。モニターに新たな映像が映し出される。画面の奥にマフラーで顔を隠した桐生がいる。なんて早さだ、と合田が呻《うめ》いた。

桜庭が短く言う。

「確保しろ」

人が走っている時のように、映像が軽く上下する。

「おい、この映像はなんだ？」

「うるさいな。これだ、これ」

望月が自分のメガネのフレームを持ち上げる。普通のメガネではなく、どこか未来的なデザインだ。

「ARメガネだ。これを使っている全員が、映像と音声を共有できる。交番勤務の警察官にこれを付けさせているんだ」

「それは便利だな……」

癪《しゃく》にさわるが、犯人を追い込む時にはもってこいの品だ。

モニターでは追っ手に気づいた桐生が、路地裏に逃げ込んでいた。だが警察官たちは見失ったのか、桐生はどこにも見当たらない。周囲を見回しているせいか、カメラが左右に揺れて気持ちが悪い。ふとカメラのアングルが下になり、アスファルトが映し出される。そこに何かが落ちていた。

スマートウォッチだった。

桜庭が小さく唸った。

「さすが桐生さんだ。もう百眼の存在に気づかれた」

その表情を見て合田は驚いた。わずかだが感情が滲《にじ》み出ている。そういえば桐生は、AI研究者の中では神様のような存在だと聞いたことがある。桜庭も桐生と同じAI研究者だ。まさに神に挑むような気分なのかもしれない。

他のカメラに切り替わる。またメガネとは違うアングルだ。

「おい、これはなんのカメラだ」

　望月がうるさそうにあしらう。

「少しは黙れ。おまえのようなデジタル音痴の相手をしてる暇はないんだ」

「いいから答えろ。もしかして一般人の車のカメラじゃないのか」

「そうだ。ドライブレコーダーだ。他にも個人のデバイスなど、ネットワークにつながる電子機器はなんでもトラッキングできる」

「何？　民間人のカメラにも勝手にアクセスしやがるのか。おまえ、法律は無視か。市民の個人情報はどうでもいいのか？」

　苛立つ合田に、桜庭が淡々と応じる。

「致し方ありません。現状では監視カメラの数が足りない。百眼には、無数の眼が必要なんです。カメラがなければ、苦しんでいる子供に気づくことができない」

　子供？　ちょっと違和感があったが、それはどうでもいい。

「やりすぎだ。これは違法捜査だ。市民のプライバシーがなくなってる」

　にらみつける合田に対抗するように、望月が怒鳴り声を上げる。

「いいか。総理まで殺されてるんだ。これは国家規模のテロだぞ。許可はあとからついてくる。まずは被疑者確保が優先だろうが」

　サイバー班の一人が口を開いた。

「桐生の行方を見失いました。どうやら防犯カメラを避けながら移動しています」

モニターを見ると、映像が激しく切り替わっている。百眼が桐生を必死に探しているのだろう。

「どうやら百眼様もお困りのようだな」

からかう合田に望月がむっとする。

〈3D《スリーディー》演算モードに切り替えます〉

そう百眼が言うと、モニターの表示が切り替わる。建物や人が3Dになり、何か分析しているようだ。すると帽子をかぶってうつむく桐生の姿が映し出された。

〈被疑者発見しました〉

「凄い。百眼凄い」

興奮して飛び跳ねる奥瀬を合田が睨みつける。こいつの口をガムテープか何かで塞いでやりたい。

すると桐生がカメラをじっと見つめている。そしてすぐに目線を下にして何やら考え込んでいる。

「あいつ何やってんだ」

つい合田がこぼすと、桜庭が答える。

「カメラ位置から百眼のスペックを推測していますね。西村さんから警察がAIを開発しているという情報を得ていたのかもしれない。これは長引きそうだ」

桐生がやっとその場から離れる。その直後にＣＩＴＥが到着したが、桐生の姿はどこにも見当たらない。

望月が声を強《こわ》ばらせた。

「おい、どこに行ったんだ？」

〈解析中です〉

百眼がそう返し、合田はゆっくり桜庭の顔を覗き込んだ。桜庭は薄い笑みを浮かべていた。

13

西村は、コントロール室で途方にくれていた。

モニターに全国各地の映像が流れている。怪我人だけでなく、死者も続出しているようだ。このすべてがＨＯＰＥ社の責任であり、その代表である西村の過失だ。そしてこの未曾有の大事件を起こした犯人が、義兄である桐生かもしれない……。罪悪感と戸惑いで、もう息をすることもできないほどだ。

ともかく心の様子を見ようと部屋を出てサーバールームに向かう。すると硬質な金属音がした。反射的にそちらを見ると、前川がハンマーでドアを割ろうとしている。

慌ててその側《そば》に寄る。

「どうですか。割れそうですか？」

「とても無理です。ヒビ一つはいりません」

喘ぎながら前川が答える。この強化ガラスは前川の自慢だったが、まさかこんな事態になるとは思っていなかっただろう。

サーバールームの中を見ると、心はしゃがみ込んでいた。その顔は雪のように白くなっている。室温がまだ下がり続けているのだ。このまま外に出せないと、心は命を落としてしまう……。

「心ちゃんの様子はどうですか」

飯田が血相を変えて入ってきた。そこで思い出した。飯田は、桐生と一緒に総理官邸に向かっていたのだ。

「飯田さん、どうして心ちゃんが閉じ込められたことを知ってるんですか？」

「車内のモニターに、コントロール室の様子が映ってたんです」

「じゃあ義兄も今の状況は？」

「はい。すべておわかりになられてると思います」

青ざめた顔で頷く飯田を見て、西村は声を呑み込んだ。桐生は心を救うために警察の手から逃げたのだ。もし心に何もなければ、ここまで抵抗はしなかっただろう。

飯田が困惑しながら問いかける。

「でも何を証拠に桐生さんが犯人だと？」

「……わからない」

桜庭の言う通り、桐生にはのぞみを暴走させる能力も動機もある。だが桐生がこんなテロ行為をするとはとても考えられない。

もう一度コントロール室に戻る。すると、キーボードを打っていた一ノ瀬が呆然として言った。

「……これは、このマルウェアは、のぞみに学習させようとしている」

西村がそれを聞きとがめる。

「どういうことだ？　何を学ばせているんだ」

一ノ瀬が声を絞り出した。

「……人類の負の歴史です」

一ノ瀬がモニターを切り替えると、無数の映像が表示された。洪水のように映像が流れ込んでくる。

それはこれまでに人類が起こした戦争、核爆発の実験、テロリストによるテロ行為、銃殺される政治犯などだった。まるで悪魔のノートをめくっているような気分になる。

なんだ。一体のぞみに何が起こっているのだ？

困惑で意識が朦朧《もうろう》としていると、スマートウォッチに着信があった。知らない番号だ。もしもしと慎重に応答すると、

「悟、悟か」

「義兄さんですか」

桐生だ。桐生から連絡が来たのだ。

サイバー犯罪対策課の人間をちらりと盗み見る。彼らは解析に夢中で、こちらの動きに気づいていない。部屋の隅に移動し、声をひそめる。

「義兄さん、一体今どこに？　無事なんですか」

「無事だ。今地下水道にいる。なんとか警察は撒《ま》いた」

「この番号はなんですか？」

「俺のスマートウォッチは警察に監視されている。申し訳ないが道ゆく人のタブレットを拝借させてもらった。それより心は、心はどうなんだ？」

胸が詰まったが、どうにか声を絞り出す。

「のぞみが一切の命令を拒否してドアが開きません。さらにあのドアは爆弾でも壊れない。しかも空調設備ものぞみのコントロール下にあって、サーバールームの室温が

どんどん下がっています。このままだと心ちゃんの命は二四時間も持たない……」

「なんだと……」

衝撃のあまり、次の言葉が出せないでいる。子供が生きるか死ぬかの瀬戸際に立たされているのだ。親としては当然の反応だ。西村も胸が張り裂けそうな気分になる。

だがその痛みを堪《こら》えても訊かなければならないことがある。

「義兄さん……念のためにうかがいますが、義兄さんがのぞみを暴走させた犯人ではないですよね？」

「何を言ってる。俺がそんなことするはずがないだろう」

その強い否定の言葉に、西村は安堵する。まずはそれが聞きたかった。

「何者かが俺を犯人に仕立て上げようとしている。のぞみを攻撃したデバイスを俺の鞄に忍ばせたのもそいつの仕業だ」

「そういうことですか」

そう考えれば合点がいく。桐生が重ねて言う。

「悟、それよりのぞみは正常に戻せないのか」

「一ノ瀬くん達が総動員でやってますが、できません。しかものぞみがおかしな画像や映像を読み込んでいます。どうやらそこから自律学習をはじめているようなのです。一ノ瀬くんは人類の負の歴史を学ばせていると言っている」

桐生が呻いた。

「わかった。それが犯人の真の目的だ……」

「どういうことですか?」

「のぞみに侵入し、そのすべてを乗っ取る。のぞみは医療AIだ。つまり裏を返せば、人の命を奪う存在にもなりえる。のぞみがマルウェアに完全に支配されれば、人間の生殺与奪《せいさつよだつ》を完全に握ることになる」

「のぞみが……」

西村の脳裏にイメージが浮かんでくる。人々が次々と倒れ、街は無人の荒野となる。人のいないその街でロボットだけが動いている。

「もうのぞみを含めたAIは人々の生活に入り込んでいる。AIが人間の生殺与奪の権利を握りはじめているんだ。このままでは世界が確実に滅亡する」

その桐生の深刻な口ぶりで、西村の膝頭が震えはじめた。これ以上の大惨事が待ち受けているなんて……。

そして寒さで震える心の姿が脳裏を過《よ》ぎり、昔のことを思い出した。

それは、病院で見た望の死に顔だ。あの痩《や》せてまっ白な望の顔を見て、西村は慟哭《どうこく》した。あの時の涙の記憶が、頭の中で疼《うず》いている。

嫌だ。もう二度と、絶対に家族を失いたくはない……そして他の誰にもそんな想いを味わわせたくない。

「義兄さん、なんとか、なんとかのぞみの暴走を食い止められないんですか」

「…………」

桐生の苦悩はよくわかる。いくら優秀な一ノ瀬でも数時間で原因を究明し、修正プログラムを作るのは難しいだろう。もちろん西村も無理だ。

「誰か……のぞみを……」

自分の身体が切り刻まれるような痛みを感じ、思わず天を仰ぐ。そのとき桐生の「俺が……」という声が聞こえた。

「義兄さん？」

桐生が声を絞り出した。

「……俺が新たなプログラムを書いて修正するしかない」

思わず西村は息を呑んだ。のぞみの産みの親でもある桐生ならばできるかもしれない。それしかいまは希望がない……だが、日々進化をしているのぞみは、桐生が知っている、昔ののぞみではないのも事実だ。いまは冷静にならなくては。

「確かにそれしか道はないと僕も思います。ただのぞみは進化しています。義兄さんが作った頃よりもさらに複雑になってる。とても一日二日でできるものじゃない。一からプログラミングするとなると、優秀なプログラマーが一〇〇人集まっても何ヵ月かかるかわからない。しかも仮に書き上げても、暴走したのぞみがそのプログラムを素直に読み込んでくれるとは限らない」

「いや、一から作らなくてもいい。アテはある……」

「アテ？　なんですか、それは？」

「それはいい。それよりも問題なのは警察だ。プログラミングをするには時間が必要だ。だが警察は、どうやらＡＩを使って俺を追っている」

その指摘に、桜庭のあの言葉を思い出した。

「百眼とはそのことか……」

「なんだ、その百眼って」

「おそらくそれが桜庭さんが開発したＡＩの名前です。その百眼を使って義兄さんを追っているに違いありません」

あの天才桜庭が開発したＡＩ……その性能の凄まじさは容易に想像できる。そんなものに追われながら、新しいプログラムを完成させる。果たしてそんなことが可能なのか？

「義兄さん、出頭してください。話せば警察もわかってくれます。僕も義兄さんの無実を主張します」

呻くような桐生の声が返ってくる。

「……ダメだ。奴らは完全に俺をテロリストと断定してる。とても二四時間以内に解放されるとは思えない。取り調べを受けている間に心は死んでしまう」

「じゃあ警察から逃げながらプログラムを作るということですか」

「そうだ。それ以外に道はない」

背筋を冷たい汗が伝う。無理だという言葉が口から飛び出そうになり、急いで押し込んだ。

「悟、俺たち二人だけじゃ無理だ。協力者が欲しい」

「じゃあ前川さんか、飯田さんに手伝ってもらって……」

「ＨＯＰＥの社員ではだめだ。もう警察による監視で自由が利かなくなっている。誰か部外者で、おまえが信用のできる人間はいないか。機転が利く人間ならばなおさらいいんだが」

西村の脳裏にある男の顔が浮かんだ。

それはデイリーポストの記者の富永だ。仕事柄目端もきくし、臨機応変に立ち回ってくれるはずだ。

だがそれと同時に、さっきの前川の言葉も思い出した。富永が犯人かもしれないという疑惑だ。犯人は、桐生の鞄にマルウェア入りのデバイスを忍ばせた。つまり容疑者は、今日のオープニングセレモニーの出席者の中にいる。そしてその条件ならば富永にもあてはまる。

「悟、どうした。いるのか、いないのか？」

「いるにはいるんですが……」

「迷ってる暇はない。今すぐ決めろ」

その一喝で、迷いが消える。そうだ。あの手紙。富永の手紙を見た時の気持ち。自分の直感を信じて、富永を頼ろう。

「わかりました。今その人と電話をつなぎます」

14

富永は編集室で作業に追われていた。桐生逃亡の記事を書いているのだ。だが頭の中がまとまらず、キーを打つ手が止まっている。

するとスマホが鳴った。着信表示を見てどきりとする。それはＨＯＰＥの社長の西村からだった。

周りの人間に会話を聞かれたくない。幸いにも大町、荒巻は作業で大忙しでこっちには目もくれない。急いで廊下に出て電話に出る。

「西村さん、のぞみはどうなってるんですか？」

「とりあえず人目がないところ向かってください。話はあとです」

わかりましたと富永は喫煙室に向かった。ここならば富永以外に誰も訪れない。ブースに入ると、タバコの匂いで少し落ちついた。

「西村さん、移動したので大丈夫です」

「ありがとうございます。とりあえず現状を説明します。のぞみは何者かにハッキングを受け、暴走しています」

西村の説明を聞くうちに、富永は血の気を失った。このままだとのぞみが大量殺戮をはじめる。冗談としか思えないが、現にのぞみのせいで大勢の死傷者が出ているのだ。ＡＩが暴走することは世界が終わることに直結するのか。今さらながら事の重大さに気付かされた。

「どうやってのぞみの暴走を止めるんですか」

焦って尋ねると、低い声が響いた。

「俺がプログラムを書いて止めます」

仰天してスマホを落としそうになる。まさか、この声は……。

「もしかして桐生さんか」

まさか桐生が会話に入ってくるとは思わなかった。

「そうです。今までの会話も聞かせてもらっていました。警察の手から逃れながらプログラムを書くには協力者が必要だと悟に言ったら、悟は富永さん、あなたの名を挙げた。だから俺もあなたを信用する」

「ちょっと待て。桐生さん、あなたはこの事件の犯人ではないんですね」

「違う。そうじゃない。俺ははめられた」

「はめられたって、じゃあ誰が真犯人なんですか」

「富永さん、今は犯人探しは後回しだ。まずはのぞみを止めることを優先しましょう」

そう西村が口を挟み、桐生が焦り気味に言う。

「俺はなんとしてものぞみの暴走を止めなければならない。心が、俺の娘が、サーバールームに閉じ込められている。しかもその中の室温はどんどん下がり続けていて、心の命は二四時間持つかどうかなんだ」

それを聞いて富永が飛び上がった。

「なんだと。心がそんなことになってるんですか?」

「富永さん、心を知ってるんですか?」

今度は桐生が驚いている。

「ええ、今日一緒にゲームをやったんです」

無邪気にゲームをする心の姿が頭に浮かぶ。あいつが、今そんな目にあっているなんて……。「わかった。桐生さん、西村さん。確かに犯人探しは後でいい。そんなことよりのぞみを止めて、心を救うことが先決です」

「ありがとう」ほっとする間もなく桐生が続ける。「まずは悟」

「はい」

「おそらくこの電話はもうすぐ盗聴されて、重要参考人として警察はおまえを確保しにくる。悟、おまえはこの電話を終えたらすぐに身を隠すんだ」

「わかりました」

西村がそう了承すると、富永は慌てた。

「じゃあ俺も会話してたらマズイんじゃないですか」

「まだ大丈夫です。この拝借したタブレットには逆探知を知らせる簡単なプログラミングを施した。向こうが傍受しはじめたら警告音が鳴る。それまでは普通に通話していても、警察には俺たちと富永さんの繋がりはわからない」

この短時間でそんなことができるのか？　桐生の天才ぶりの一端を見せつけられた気がする。

「富永さん、あなたには警察庁の桜庭理事官に関する情報を集めて欲しい」

「桜庭理事官？　どういうことですか」

「警察はＡＩを使って俺を追っている。そのＡＩ開発者が桜庭という男だ」

「警察がＡＩで捜査を……」

そんな最悪なことがあるのか。それでは監視社会の到来も近い。

「百眼という名のＡＩだそうです」

冴えない声で西村が補足し、桐生が続ける。

「とにかくその百眼から逃げ切らなければ、のぞみの暴走を止めるプログラムは作れない。ＡＩは開発者の性格や嗜好《しこう》に強く影響されることがある。過去の桜庭のインタビュー記事や論文、その他ありとあらゆるどんな小さな情報でもいい。それをとにかく調べてください。そこから百眼の弱点をあぶり出すつもりです」

「わかりました。それは得意分野です。任せてください」

そう請け負うと、桐生がさらに重ねた。

「それと富永さん、暗号化されたパソコンを用意して欲しい。百眼に探知されないためのパソコンです。できますか」

「秋葉原に裏専門のパソコン屋があります。店主はタトゥーとピアスだらけのいかれた奴だが、ものは確かです」

「助かります。それと買う時は電子マネーを使わず現金で。電車での移動も切符を買ってください。万が一のことを考えてネット上に痕跡を残さないで欲しい」

「大丈夫。普段からそんな生活をしてますので」

にやりとそう応じると、桐生が頼もしそうに言った。

「そのセキュリティー意識は助かります。暗号化されたパソコンを用意したら、集めた桜庭のデータをそこに入れてください。そして悟に渡して欲しい。悟はそれを持って俺と合流するんだ。待ち合わせ場所は……」

その瞬間、ブザー音のようなものが鳴る。警察がこの通話を傍受しはじめたのだ。

富永は大慌てで口を抑える。

桐生が叫んだ。

「螺旋の部屋だ」

そこで電話が切れ、富永は放心した。予想外の出来事と疑問が怒濤のごとく押し寄せ、頭が混乱している。

だがその洪水の中でも柱となるものは見つかった。のぞみだ。のぞみを止めて心を救う。まずはそれを第一に考えよう。

タバコを吸おうかと思ったが、その時間ももったいない。富永は急いで喫煙室から出た。

15

合田はサイバー捜査室の中央モニターを見つめていた。

百眼は桐生を見失ったのか、まだ映像がせわしなく動いている。ざまあみろ、このまま一生迷子になってろ、と満足げに見つめていると、

〈歩行パターンが一致しました。東京都江東区大島《おおじま》一─二─四─六〉

百眼がそう言うとモニターから何やら小さな音が聞こえ、波形が表示された。ぴちゃぴちゃという音だ。

奥瀬が気づいた。

「これってもしかして」

〈桐生は工事中の地下水道を走っています〉

そう百眼が先に言ったので、奥瀬がむっとした。モニターにはその地図が表示されている。

「ＣＩＴＥ、ここに向かえ」

望月がそう命じると、了解とＣＩＴＥの隊員達の声が返ってくる。

「それにしても地下の足音なんかどうやって拾ったんですか？」

無邪気に奥瀬が尋ねると、望月が嬉しそうに答える。

「事故防止のための振動探知機が音を拾ってる。今やこの世の現象すべてはこうしてデジタル化できるからな。百眼から逃れられるわけがない」

「なるほど。なるほど」

奥瀬はすっかり百眼の虜《とりこ》だ。そのＡＩのせいでこれほど大騒ぎになっていることをもう忘れてやがる。奥瀬を含めたここの人間は脳みそがないのか、と合田は苛立った。

「到着しました。マンホールから潜入します」

モニターに地下水道の映像が無数に浮かんだ。ＡＲメガネの映像ではない。

「これはなんだ？　地下水道にこんなにカメラがあるのか」

「Ｆｌｙというドローンだ。もういい加減黙ってろ。いよいよ。桐生確保だ」

合田の問いに、望月はもう振り向きもしない。モニターに釘付けになっている。

〈桐生が盗んだタブレットを特定。現在通話をしています〉

そう百眼が告げると、桜庭が尋ねた。

「誰とですか？」

〈西村悟です〉

合田もその名は知っている。確かＨＯＰＥの社長だ。

〈盗聴可能ですが、いかがしますか〉

「聞かせてください」

そう頷く桜庭に、合田がぎょっとする。

「おい、令状は？」

黙れと望月が間髪入れず言った瞬間、桐生の声が響いた。

『螺旋の部屋だ』と。

そして電話が切れる音がする。

「電話を切るのが早すぎる。タブレットにプログラムを仕込んで、盗聴を探知したのか」

どこか感心するように桜庭が言うと、望月が叫んだ。

「桐生はどうなった」

逃げられました、とCITEの隊員から声が返ってくる。くそっ、と望月が机を叩いたが、気を取り直して指示を出す。

「西村を連行しろ。重要参考人だ。それとHOPEのデータセンターへ警察官を増員。HOPEの連中が少しでも怪しい行動をしたらすぐに知らせろ」

サイバー捜査室が慌ただしくなり、桜庭がぼそりと漏らした。

「こっちの手がだいぶ知られた。桐生さん相手ではこれは長期戦になる」

不快そうに望月が尋ねる。

「それほどの男ですか。桐生というのは？」

「我々ＡＩ開発者の間では神のような存在です。ＡＩのすべてを知ってる男と言っても過言ではない。全力で取りかからなければ逮捕はできません」

「私は理事官が桐生を、百眼がのぞみを超えると思ってますがね」

望月は桜庭に心酔しきっている。腹立たしいが、その気持ちは合田にも理解できる。桜庭には人を惹きつける魅力がある。

「ただ百眼がのぞみを超えるにはまだまだデータが足りませんね」

桜庭がそう言った直後、我慢できずに合田が割って入る。

「盗撮、盗聴までやって何がデータが足りないだ。ふざけんな」

「貴様、理事官に向かってなんて口の利き方だ。さっきからただの連絡係がいちいち口を挟んできおって」

憤然とする望月をよそに、桜庭は眉一つ動かさない。この冷静さも合田を苛立たせる。

「やってられるか。おまえらは仲良くＡＩごっこしてろ」

そう言い捨てて踵を返すと、サイバー捜査室から出て行く。その足で地下通路を歩く。革靴が床を叩く反響音がやけにうるさい。

「合田さん、どこに行くんですか?」

追いついてきた奥瀬が、息を荒らげながら尋ねる。

「刑事の基本は現場だ。あんな捜査してたら昔の仲間に顔向けできねえ。俺がこの足で桐生を追う」

「そんなの無駄ですよ。すぐに百眼が捕まえてくれますよ」

「あんなもんに頼るな。あのAIは関係ない市民を捜査に利用してんだぞ。おまえセックス中に携帯で中継されたいのか?」

奥瀬が顔を真っ赤にして慌てる。

「ちょっと合田さん、大声で何言ってんですか」

「うるせえ、桜庭がやってんのはそういうことなんだよ。あとこれはセクハラじゃねえからな。バカみたいに上に訴えるなよ。くそっ、なんでこんなことにいちいち釘刺さなきゃいけねえんだ」

合田は足を速めて、駐車場に向かった。覆面パトカーに乗り込むと、奥瀬もしぶしぶと助手席に座る。

エンジンをかけると、モニターにニュースが流れた。

のぞみの暴走で街が大混乱になり、多数の死亡者と怪我人が発生している。さらに田中総理の急逝により臨時内閣が組閣され、副総理だった岸が総理代理をすることになった。それらのニュースが矢継ぎ早に流れていく。早く桐生を逮捕しなければ、この騒動は収まりそうにない。

いや、桐生を捕まえたらこの騒ぎは収束するのか？　そんな疑問がふと頭をもたげたが、それを追い出すようにかぶりを振る。まずは桐生を逮捕してから考えればいい。

車を発進すると、奥瀬がそろそろと尋ねてくる。

「……で、どこに向かってるんですか？」

むっとして返す。

「それを今考えてんだよ」

「なんですか、それ」

「うるせえ。おまえも考えろ。桐生浩介になった気持ちで次の行動を予測するんだ。おまえが桐生ならどうする？」

奥瀬が顎に手をやる。

「おそらく桐生には、西村から自分の娘が閉じ込められていることが伝わってますよね」

「なんだそりゃ、どういうことだ？」

「さっき捜査会議で言ってたじゃないですか。のぞみの暴走の余波で、桐生の娘がサーバールームに閉じ込められてるんです。しかも室温がどんどん低下していて命の危険性もある。今、ＨＯＰＥの社員と警察官がドアのガラスを割ろうとしているんですが、そのガラスが硬すぎてびくともしないって」

「俺は遅刻で聞いてなかったんだよ。のぞみを暴走させたかっただけの桐生にとって娘が閉じ込められたことは誤算だったってことか」

「おそらく。のぞみを止めるには修正プログラムを作るしかないそうです。ＨＯＰＥに詰めているサイバー課の人間が取りかかってるそうです」

ＡＩに関してはちんぷんかんぷんだが、桜庭は桐生を神のような開発者だと言っていた。のぞみは、そんな桐生が作った渾身の力作だ。果たしてサイバー課の連中に、のぞみの暴走を食い止めるプログラムなど作れるのか？

「まあいい。おそらく桐生は自分でその修正プログラムを書くってことだな」

「ええ、ですがそれをのぞみに直接読み込ませないとダメだそうです」

調子よく会話が続き、頭の中が澄んでくる。

「だが千葉のデータセンターには警察が詰めている。だからそこには行けない。じゃあどこか別の設備の整った場所か……奥瀬、桐生の出身地はどこだ？」

「出身地ですか？　なぜそんなことを？」

「逃走中の人間ってのは土地勘のあるところに行きたがるものなんだよ。とくに今、桐生は追いつめられている」

「なるほど」

奥瀬がタブレットを操作しはじめる。

「桐生の出身地は福島県の郡山《こおりやま》ですね」

「郡山か……」

「あっ、そういえば仙台にHOPEの二番目に大きなデータセンターがあります」

「郡山と仙台……多少距離はあるが近いといえば近いか。よしっ、仙台に行くぞ。桐生はそこに向かってるはずだ」

ハンドルを切り、車線を変える。

「ちょっともっとゆっくり曲がってください」

「犯人追ってんだ。そんな暇あるかよ」

「……でも桐生が仙台にたどり着けるとは到底思えませんけど。桐生は現在指名手配中です。電車、地下鉄、その他公共の交通機関はまず使えない。車を盗んだとしても電子認証だから動かない。移動手段がないじゃないですか」

「わかってんだよ、そんなことは。AIなんぞには到底真似できない刑事の経験と勘ってやつをおまえに教えてやるよ」

合田はアクセルを踏み込んだ。

16

喫煙室から編集部に戻って準備を終えた富永が、立ち上がって出かけようとすると、荒巻が横からスマホを見せてくる。

「ほらっ、富永さん見てくださいよ。世間の桐生への憎悪とんでもないですよ」

『桐生死ね』『殺戮AIのぞみ』などのキーワードがずらりと並んでいる。

「そうか。俺は忙しいんだ。あっちいけ」

そう追い払うと、不満そうに荒巻が引き下がった。

富永が編集部を出ると、もう日が暮れかかっていた。この間にも、心の命の火は刻一刻と消えかかっているのだ。急がなければならない。

すぐ近くの雑居ビルのネットカフェに入る。ネットカフェは昔はあちこちにあったが、今はこの近所ではもうここだけだ。

店に入ると、早速パソコンを立ち上げ、『桜庭　理事官　警察』と入力して検索する。編集部のパソコンを使えば、百眼に悟られる恐れがあるからだ。

その桜庭の経歴を見て驚いた。

桜庭は人工知能研究でMITで博士号を取った後、日本で最年少の理事官となった。ＡＩ研究者が警察官に転身するというのは異色の経歴だ。

だがたいした情報は見当たらない。さすが警察に入ってしまうと、そうそう情報は表には出てこない。そこで英語で検索してみた。ＡＩ研究者時代の桜庭の記事があればと思ったのだ。

すると簡単にヒットした。桜庭がＡＩ研究者時代に受けたインタビュー記事が載っている。どうしてＡＩ研究者になったのか語っているようだ。英語を日本語に翻訳して読んでみる。

『私は子供の頃から孤独でした。友達と呼べる存在は誰もおらず、親兄弟からでさえ私は何か得体の知れないものとして腫《は》れ物のように扱われていました。

しかしある日、自分には簡単にできることが、他の人にはなかなかできない。その歴然たる事実に気づいたのです。周りから私が天才だと言われていることもその時わかりました。

それまでの私はなぜこれほど簡単なことができないのか？　なぜこんな自明なことがわからないのか？　なぜそれほど時間がかかるのか？　はなはだ疑問でした。

そしてそれを周囲に問いかけると、皆一様に嫌な顔をするのです。そこで私は他人との対話の無意味さに気づき、一人での時間を過ごすことが多くなりました』

一見すると自慢話にも読めなくはないがそうではない。ただありのままの事実を語っている。ここからも桜庭という男の性格が窺える。さらに読み進める。

『ただ唯一、一人だけ、そんな私にも気さくに話しかけてくれる子供がいました。彼だけは普通の人間として私に接してくれた。子供時代に彼と出会えたことは、私にとって最大の幸運でした。彼と遊ぶ時間が、私にとって何より大事な時間でした。ところがそんな時間は長くは続きませんでした。

ある日、突然彼が死んでしまったのです。私は知りませんでしたが、彼の家は貧困にあえいでいた。原因は彼の父親が事業に失敗したからです。借金苦で、家計は火の車だった。あとあとそうわかりました。

ただ当時の私は、世界にそんな悲惨な現実があることを知らなかった。幸いにも私の家は裕福だった。だからこの世に貧しさというものが存在することを、具体的に実感したことがなかった。彼が貧しさで苦しんでいたことに、ちっとも気づけなかったんです。

その貧しさから逃れるために、彼の親は一家心中という道を選んだ。そして彼は、その愚かな選択の犠牲になったのです。

その事件は私の心に深い傷を残しました。そして私は次第にこう考えるようになりました。どうすればこの世から貧困がなくなるのか？　どうすればこれから生まれてくる子供達が、彼のような不幸に遭わずにすむのか？　その問題を解決することが私の人生の目的となりました。そんな時ＡＩに出会ったのです。ＡＩならば貧困問題を解決できる。ＡＩが子供達を貧しさから救い、その純粋な笑顔を絶やさないようにしてくれる。ＡＩと出会えたこと、それは私にとって運命の邂《かい》逅《こう》だったのです。

そこで私はＡＩ研究の道を志しました』

桐生とよく似ている……この記事を読んで富永はそう感じた。桐生は妻の命を救うためにのぞみを作った。一方、桜庭はかつての友人のような不幸な子供のためにＡＩ研究をはじめた。二人とも天才的な頭脳と高邁《こうまい》な志をもって、ＡＩ研究者となっている。

だがそのＡＩが、今は人の命を奪う凶器と化している。桐生と桜庭の理想とは遠くかけ離れたものになっている。これほどの皮肉があるだろうか……。

暗いネットカフェの中で、富永はそんな想いに沈んでいた。

17

西村はサーバールームのガラス扉の前にきた。

飯田が心配そうに中を見つめている。そこにはしゃがみ込んでいる心がいた。どうにかして体温を奪われまいとしているのだ。

胸が痛み、ぎゅっと拳を握りしめる。心ちゃん、すぐに助けてやるからな。その血の気のない心の顔を見つめながら固く誓う。

飯田がARメガネをかけているのを確認すると、西村はエレベーターに向かった。ぐずぐずしていると警察が捕まえにくる。鞄から帽子を出して深く被る。監視カメラの顔認証対策だ。高い位置にあるカメラならばこれで防げる。

駐車場に止めてあった車に乗り込み、素早く発進させる。ゴミ出しの門から出て、バックミラーで後方を確認する。幸いにも警察は付いてきていない。そこでようやく一息ついた。

ARメガネを取り出し、それをかける。『HOPE飯田』と声を発すると、コール音が鳴った。

「もしもし社長ですか」

「そうだ。飯田さん、僕はデータセンターを出た」

「えっ、どういうことですか」

飯田が仰天するのも当然だ。こんな非常事態に、代表である自分がいなくなるのだから。

「さっき義兄から連絡があった。義兄はのぞみの暴走を止めるプログラムを書いていて、僕はその援助をするために、ある場所に向かっている。前川さんと一ノ瀬さんにもそう伝えておいて。それとおそらく僕の居場所を警察が追及してくるだろうけど、知らないふりをしておいて欲しい」

「わかりました」

もう落ちついている。さすが飯田だ。状況を判断する力が高い。

「それとデイリーポストの富永という人から連絡が来たら、ＡＲメガネを通して中の様子を彼にも見せてあげて欲しい。富永さんにもうちのＡＲメガネを渡しておく」

これはＨＯＰＥで開発したＡＲメガネだ。通信も簡単で、お互いの視界を共有できる。しかも特殊な通信プロトコルを使用しているので、情報漏洩《ろうえい》の心配がない。これならば百眼にも感知されない。

「富永さんですね。わかりました」

部外者にデータセンターの内部を見せるのは厳禁だが、こんな事態だ。全員が情報を共有しなければ、この危機的状況を乗り切れない。

富永さんもタバコ好きだから飯田さんと気が合うと思うよ。そう言いかけてその言葉を呑み込んだ。そんな悠長なことを口にする場合ではない。

電話を切ってハンドルを握る手に力を込める。じわっと汗が滲み、先ほどの桐生と富永との会話を思い返した。

犯人探しは後回しだ。のぞみを止めることを優先しよう。自分の口でそう言ったものの、やはりどうしても犯人のことを考えてしまう。

自分は犯人ではない。桐生はそう断言していた。もちろん西村もその言葉を信じたい。だがどうしても心の底から信じきれないのだ。

その瞬間、また過去のあの記憶が頭をよぎる。七年前の、あの言葉……。

『悟……やはりのぞみは使わない』

なぜだ。なぜ義兄さんは直前になってのぞみを使うことを止めたんだ。こんな時にもあの疑問が鳴り響いている。

「くそっ！」

西村はそう叫ぶと、ハンドルを叩いた。

18

合田と奥瀬は港湾にいた。

もう日が暮れて夜になっている。宵闇の中にぽつぽつと船の明かりが浮かび、潮の匂いが鼻をかすめる。

車のフロントガラスには、発着便リストが表示されている。ＡＲ映像が表示される機能らしい。その中に、ひとつだけ青く点滅している便名がある。それは『ひまわり八号』だった。

奥瀬がそれを見ながら尋ねる。

「本当にこの『ひまわり八号』一本に絞っていいんですか」

「他の乗り物がだめならば残りは船だ。業務用の貨物船のチェックはまだまだアナログだからな。契約している業者ならば書類一枚で通れる。直近の仙台行きはこの便しかない」

合田がアクセルを踏むと、画面表示が消える。係員に案内され、船内へと入っていく。船の乗り入れは慣れないので神経を使う。しかも大型トラックがびっしり駐車されているカーフェリーなど初めてだ。合田はハンドルを握る手に力を込め、トラックの合間を慎重に車を進める。奥瀬がその様子を見て言った。

「細かい運転は疲れますよ。自動運転に切り替えたらどうですか」

「あほか。機械に命をあずけられるか」

「また、それですか」

「何言ってやがる。現にのぞみが暴走してるんだぞ。ＡＩに頼り切る奴らは車も使えなくなってるじゃねえか」

「確かに。私の友達も自分では運転できないって子多いですもん」

奥瀬が納得する。人間というのはいざその状況にならないと、実感ができない生き物なのだ。だからこそ想像力が必要となる。

合田がブレーキを踏み、車を止める。船内の駐車スペースだ。

「とにかく俺の勘がここだと言ってる。ぶつくさ言わずに桐生を探すぞ」

「でも連絡係がこんなことしていいんですか。あとで懲戒処分確実じゃ」

「あれっ、言ってなかったか。俺、来月定年なんだよ」

「えっ……じゃあ懲戒処分になるの私だけじゃないですか」

目を剝く奥瀬を見て、合田が不敵な笑みを浮かべる。

「桐生が捕まりゃなんの問題もねえ。懲戒処分が表彰状に早変わりだ」

奥瀬はまだ不満そうだが、どうにか腹に呑み込んだ。

「……でも桐生がこの中にいなかったらどうするんですか」

「そんときゃ仙台で牛タン食って帰りゃいいだろ。おまえ嫌いか？　牛タン」

「好きですけど……」

「ならいいじゃねえか。桐生を見つけられたら好きなだけ牛タン食べさせてやる」

「……厚切り特上牛タンにしてくださいよ」

しばらくすると車が軽く揺れた。頭上から汽笛が聞こえてくる。船が出港したのだ。

「牛タンの話なんかしてるから腹が減ったな。弁当でも買ってくりゃよかった」

奥瀬の方を見てびくりとする。奥瀬が前のめりになり、じっと静止しているのだ。

「おい、なんだ。気持ち悪いな」

「合田さん、サイバー捜査室で動きがありました」

「何？ どういうことだ。なんでそんなことがわかる？」

「これですよ、これ」

メガネのツルを持ち上げる奥瀬に、合田が不気味そうに言った。

「……なんだ。おまえ、おかしくなったのか？」

「違いますよ。これＡＲメガネなんです。ほらっさっき交番の警察官やＣＩＴＥがつけてたでしょ。サイバー捜査室を出る時、一つ拝借してきたんです」

「おまえ、それ窃盗じゃねえか」

声を跳ね上げると、奥瀬が口に指を当てる。

「かたいことは言いっこなし。このメガネを使えば、サイバー捜査室の様子がわかるみたいです。映像をフロントガラスに映します」

奥瀬がそう言うと、フロントガラスに映像が浮かんだ。桜庭とサイバー犯罪対策課の面々が見える。どうやら百眼側からの視点だ。

フロントガラス上で、捜査員の一人が言った。

「ＨＯＰＥ社内から報告です。西村は姿を消したそうです」

望月が太い息を吐いた。

「やはり西村は桐生と共謀していたようだな。それより刑事部の二人はどこに行った。あのロートルとネズミ顔の女は」

それを聞いて合田が笑い声を上げる。

「おい、ネズミ顔だってよ」

「誰がネズミですか。じゃあ望月さんはゴリラじゃないですか」

むっとする奥瀬を見てさらにおかしくなる。

すると捜査室の方で、桜庭が静かに言った。

「百眼、ＨＯＰＥ代表、西村悟」

フロントガラスにもう一つのウィンドウが浮かび上がる。そこにさっき桐生を検索したように、西村の画像やデータが表示される。

〈三十分前の映像です〉

何かの監視カメラの映像だ。裏口のような場所から帽子をかぶった男があらわれる。西村だ。

「責任者が敵前逃亡か。ＨＯＰＥの底が知れたな」

底意地悪く望月が言うと、思い出したように尋ねた。

「百眼、桐生が地下水道で破壊したタブレットの検索履歴はわかったか？」

〈復元不可能です。履歴は見られません〉

「おそらく桐生がこれから向かう先を検索してたんでしょう。そして我々に悟られないように壊した」

　桜庭が何やら考え込んでいる。合田と同じく、桐生の行動を予想しているのだ。

〈追加情報です。田所祐介《たどころゆうすけ》。地下水道から出てきた被疑者に端末を奪われたと言っています〉

　百眼の声と共に、三〇代ぐらいの男性の顔写真とノートパソコンが映し出される。

　それを聞いて、合田が首をひねる。

「桐生の奴、なんでパソコンなんて奪いやがったんだ」

「プログラムを作成するためじゃないですか。でも……」

　奥瀬が言い終わる前に桜庭が命じる。

「マル被が盗難したパソコンを起動したら位置情報を探知。ＣＩＴＥを急行させる態勢に」

〈承知しました〉

　百眼がそう答えると、やっぱりという感じで奥瀬が続ける。

「パソコンなんか使ったらすぐに百眼に発見されますからね。盗んでも使えないんじゃないんですか」

「いや、桐生は娘を救うために時間を惜しんでいる。危険は承知でもパソコンを立ち上げるかもしれん」

顎に手を当てて合田が言うと、サイバー捜査員の一人が突然声を上げる。

「デバイス起動。田所祐介のノートパソコンです」

百眼が間髪入れずに反応する。

〈現在地を特定します。仙台行きひまわり八号。北緯三六・五二一、東経一四一・四五四付近を北上中〉

奥瀬と思わず顔を見合わせる。

「合田さん、今ひまわり八号って」

「ああ、当たりだ。桐生はこの船内にいる。おそらくどっかでプログラミングしてやがるんだ」

合田は拳を握りしめた。

19

富永は渋谷駅の前で立っていた。

夜だというのに周りは人だらけだ。東京は人が多い街だが、ここの人混みはまた格別だ。酸素が薄くて、どこか息苦しい。さらにのぞみの騒ぎのせいか、あちこちで誰かが喚いている。街が騒然として、落ちつきがない。

ちらっと後ろを向くと、忠犬ハチ公の銅像がある。ハチ公前で待ち合わせなど、生まれてこのかたはじめてだ。

「お待たせしました」

帽子を深く被った男に声をかけられ、ぎょっと飛び上がる。だがすぐにそれが何者かがわかった。

「ぜんぜん気づきませんでしたよ」

男が少しだけ帽子のつばを上げる。彼は西村だった。

「それにしてもなぜここで待ち合わせを」

「人が多い方が見つかりにくいですからね」

「木を隠すなら森の中ですか」

ええと西村が頷く。確かにこれだけ人がいても、誰も西村だと気づかない。

「あとここの待ち合わせ場所を、自転車便の手紙で指定してきたのも驚きました」

「ネット上は百眼の目がありますからね。あちこちで渋滞しているので自転車便が一番だと思ったんです」

これだけ機転が利くならば、のぞみを食い止められるかもしれない。希望が少しだけ湧いてきた。

「約束の品です」富永が鞄を手渡す。「暗号化されたパソコンに、桜庭のデータを集められるだけ集めて保存してあります。それと桐生さんの着替えと簡単な食料も。逃走中なら満足に食事もとれないでしょうから」

「助かります。僕も買いたかったんですが、電子マネーを使うと足がつくもので使えなかったんです。あいにく現金の持ち合わせがなくて」

「西村さんは日本一の金持ちですが、今回はおごっておきます」

そう笑いかけると、ありがとうございますと西村が微笑んだ。こういう状況だからこそ余裕と冗談は必要だ。

「ですが桐生さんと合流できるんですか。もう彼との連絡手段がない」

そうそう何度もパソコンやタブレットなどの通信機器を盗む危険性は犯せないだろう。

「その点は大丈夫です」

西村の表情は自信に満ちている。富永には知りえない秘策があるのだろう。

「あっ、富永さん、これを」

今度は西村が何かを手渡してくる。それはメガネケースだ。

「メガネですか？」

「うちで開発した最新式のARメガネです。これをかければ視覚と聴覚の情報が共有できます。セキュリティーもしっかりしているので、警察も探知できません。以降はこれで連絡をとりましょう」

これから何が起こるかわからない。確かにお互いの情報を知っておいた方がいい。

「データセンターにいる飯田という社員も登録してあります。心ちゃんの状況は飯田を通せば確認できます」

「タバコを吸う方ですね」

「知ってるんですか？」

「ええ、今日、心とゲームをしている時に飯田さんが迎えにきました」

ほんの少し前の出来事が、まるで遠い昔に思える。日常とは一瞬で壊れてしまうものなのだ。

「……心の様子はどうですか？」

「ずいぶん室温が下がっています。メインサーバーの放射熱を考慮しても、あと一二時間持つか持たないか……」

「およそ半日か……」

絶望的な気分になるのを必死で堪える。だめだ。こっちがしっかりしなければ助かる命も助からない。

「大丈夫です。西村さん、きっと助かります。桐生さんがなんとかしてくれます」

「そうですね……」

なんだ。どうも微妙な反応だ。西村の目に迷いの色が浮かんでいる。何か葛藤しているようだ。すると腹を決めたようにこう尋ねてきた。

「……富永さん、犯人は本当に義兄じゃないと思いますか？」

「どういう意味ですか？」

「犯人探しは後回しにして、まずはのぞみを止めることを考えましょう、僕は富永さんにそう言いました。ですが、義兄が犯人なんじゃないかという疑念がどうしても頭から消えないんです」

富永は言葉に詰まった。桐生本人は否定していたが、確かに桐生が犯人だと考える方が自然なのだ。

「ですが桐生さんが犯人だとしたら、今の心の状況はどう説明するんですか。いくら田中総理への復讐のためとはいえ、実の娘をこんな目に遭わせるわけがない」

その反論に、西村が首を横に振る。

「心ちゃんが閉じ込められたのは偶然です。義兄もきっとそんな想定はしていなかった」

ふと思い出した。以前西村の部屋で話した時、西村が桐生に対して何か強烈なわだかまりを持っていることを感じた。おそらくそのわだかまりが、桐生への疑いを払拭《ふっしょく》できない要因なのだ。だが今はそんなことを気にする状況ではない。

「西村さん、正直桐生さんが犯人ではないとは私にも断言できません。だがたとえ桐生さんが犯人だとしても、今桐生さんはのぞみの暴走を止めるために動いている。娘の心の、そしてその他大勢の人の命を救うために。だから我々も全力でその手助けをしましょう。その後もし桐生さんが犯人だとわかったら、その罪を必ず我々の手でつぐなわせましょう」

そう丁寧に語ると、西村がふっと肩の力を抜いた。

「……そうですね。富永さんの言う通りです。僕はどうかしてました」

「いや、西村さんは渦中の人です。疑心暗鬼になるのも無理はない」

「……実は富永さんにもう一つ謝らなければならないことがあるんです」

西村の表情がさらに沈む。

「なんですか」

「義兄だけではなく、富永さんのことも疑ってしまいました」

びっくりして自分を指差す。

「私がですか、またどうして」

「富永さんはHOPEについていろいろ探っていましたし、AI嫌いだという動機もある。現にうちの前川は、富永さんを犯人だと考えていました」

「……確かに怪しい行動もしていたし、動機もありますね」

ぞっとした。もし警察が桐生を犯人だと断定していなければ、自分が犯人扱いされていた可能性もある。

「だが富永さんはこうして協力してくれている。そんな疑いを抱いて本当にすみませんでした」

西村が頭を下げる。どこまでも律儀な男だ。

「頭を上げてください。そんなことはいいですから早く行って、桐生さんにパソコンを渡してあげてください」

「わかりました。では」

そう言い残すと、西村はすぐに姿を消した。富永も立ち去ろうとしたが、なぜか足が動かなかった。

果たして本当に桐生は犯人ではないのだろうか？　どんな犯罪行為にも、その裏には動機がある。西村は自分にも疑いを抱いたと言っていたが、それは自分にはAI嫌いという動機があるからだ。

亡き妻の復讐……桐生にはその大きな動機が存在するのだ。田中総理にもっとも恨みを抱いている人物は、桐生以外にない。

その瞬間、富永は青ざめた。桐生以外にない……その言葉が棘《とげ》となり、頭のどこかに穴を穿《うが》つ。そしてその一点からどす黒い考えが噴出したのだ。

まさか、そんなはずは……。

どうにかその考えを否定しようとしたが、それは頭の中から離れてくれなかった。

20

合田は車から転がり出て、駐車場の車を一台一台確認する。後ろから来た奥瀬が、落ちつかせるように言う。

「合田さん、そんなに焦らなくても」

「うるせえ、ぼやぼやしてるとすぐにＣＩＴＥの連中が来やがるぞ。先を越されてたまるか」

言うと同時に非常扉から警備員たちが駆け込んでくる。

「見ろ。もう連絡が入ってる」

その瞬間、「うわっ」と大きな声がした。合田が弾けるようにそちらを見る。トラックの運転手らしき男が尻餅をついていた。その背後に男の後ろ姿が見える。

「いた。桐生だ」

そのあとを追う。待ってください、と奥瀬も走り出す。

桐生は階段を一段飛ばしで上り、地階から一階の駐車場へと出る。そこから船室に入り、出鱈目《でたらめ》に逃げ回っている。

合田も必死で追いかけているのだが、その距離は縮まらない。息が上がり、速度が落ちてくる。

「先行きます」

追い抜く奥瀬の背中に、くそっ、歳はとりたくねえな、と合田は歯がみしながらも食らいつく。

デッキに出た桐生が、周囲を見回している。そして左に折れた。しめた、と合田はほくそ笑んだ。その先は船首で行き止まりだ。船の構造はさっき頭に叩き込んだ。

桐生も、すぐにそこが行き止まりであることを悟ったようだ。船首で足を止め、後ろを振り返る。船首の向こうには暗い海が広がっている。

奥瀬が警察手帳を見せる。

「警察です。桐生浩介、そこで止まりなさい」

合田も追いつき、息を整える間もなく続ける。

「桐生、これ以上は抵抗するな」

「俺はやってない。犯人じゃない」

必死に訴える桐生の目を見て、合田はうろたえた。

こいつ……本当に犯人じゃないかもしれん。長年の刑事の経験と勘がそう告げている。

だが桐生には、田中総理への復讐という動機がある上に状況証拠もそろっている。

今の段階ではそちらを優先すべきだろう。

合田が低い声で言った。

「話はあとで聞く。とりあえずこっちに来るんだ」

桐生が首を横に振る。

「警察に捕まったらのぞみを修復できない。そうなったら一巻の終わりだ」

奥瀬が柔らかな声で説得する。

「心配いりません。警察にも専門家がいます。彼らが今のぞみを止めるために動いています」

声の調子、抑揚の付け方、どれも絶妙だ。こいつ、ただの落ちこぼれ刑事じゃなかったんだな、と合田は奥瀬を見直した。本番に強いタイプなのかもしれない。

桐生が声を張り上げる。

「おまえらでは一生かかっても無理だ。のぞみのことを一番知ってるのは俺だ。俺が直すしかない。娘がサーバールームに閉じ込められてるんだ……」

合田が落ちつかせる。

「娘さんのことは心配するな。警察が今ガラスを破ろうとしている。だから我々に身柄を預けろ」

「娘のことだけじゃない。いいか、のぞみの暴走はまだ序の口だ」

「序の口？　どういうことだ？」

「これからもっと恐ろしい事態になるってことだ。わかるか。時間がないんだ。世界が終わってもいいのか！」

桐生が吠えたその直後だ。

合田の髪が大きくなびいた。そして海風の音にまぎれて轟音が聞こえてくる。

合田が視線を頭上に向けると、照らされたライトで目が一瞬眩んだ。腕をひさしにして、その正体を確認する。そして、あっと声を呑み込んだ。

そこにヘリコプターが浮かんでいたのだ。

機体にはＣＩＴＥと書かれている。もうあらわれやがったのか、と合田は慄然とする。

奥瀬が声を漏らした。

「百眼が射撃指示を出しました」

「なんだと」

例のＡＲメガネからの情報だ。

その直後、ＣＩＴＥの隊員が射撃をはじめる。乾いた音が響くと、甲板に穴が空いた。さらに装具入れが壊され、中から救命胴衣がこぼれ落ちる。硝煙の匂いがぷんと鼻をかすめた。

「待て、撃つな！」

叫ぶ合田を無視するように再び発砲され、桐生の足元に着弾する。

その時だ。桐生が一瞬海の方を向いた。合田はぞくりとした。その背中からは覚悟の色が滲み出ていた。

その刹那、桐生が散らばった救命胴衣を拾い、そのまま海へと飛び込んだ。合田が手すりに駆け寄り、目に力を込めて海上を覗き込むが、暗すぎて何も見えない。

ヘリが船上に着陸すると、ＣＩＴＥの隊員たちが降りてくる。その中央にカニのような体型をした男がいた。隊長の麻生《あそう》だ。

その麻生に、合田は怒声を浴びせる。

「なぜだ。なぜ撃った！」

麻生は答えず、別の声が返ってくる。

「百眼が指示したからです。撃ってでも止めるべきでした」

桜庭だ。麻生のARメガネを通して話しているのだ。

「バカ野郎！　発砲許可までAIの言いなりか」

「一刻も早く逮捕しなければ、混乱に乗じた犯罪が全国で広がる。あなたも勝手な行動をとるならせめて拳銃を携帯すべきでした」

その冷めた口ぶりが無性に腹が立つ。

「うるせえ。俺に指図するんじゃねえ」

大声でやり返すと、手すりの側まで近づいてもう一度海を見つめる。奥瀬がやってきて、迷いを含んだ声で訊いてくる。

「……合田さん、本当に桐生にしかのぞみは止められないんですか」

「……わからん」

合田がゆっくりと首を振る。

「だがもしそうだったら、桐生の言うように一巻の終わりだ。それをなんの躊躇《ちゅうちょ》もなく撃ちやがって。AIも桜庭もCITEの連中もいかれてやがる」

AIに発砲の指示をされて、いとも簡単に従う。その感覚に、合田は心底ぞっとした。奥瀬が恐ろしそうに重ねる。

「それに、世界が終わってもいいのかっていうのは……」

それだ。それが強烈にひっかかっている。今でものぞみの暴走のせいで日本中は大混乱だ。負傷者と死傷者も続出し、田中総理まで殺されている。これ以上最悪の事態なんてまだあるのか。

「……わからん」

合田は海を見つめて言った。

21

夜の道を、西村はひたすら車を走らせていた。

渋滞だらけで監視カメラも多い東京を抜けるのは苦労したが、ここまで来ればもう大丈夫だ。急いで目的地に向かいたいが、焦りは禁物だ。スピード違反で捕まれば元も子もない。

もう夜中だが、眠気は一切ない。これだけの緊張状態が続くと、人間は眠くならないのだとはじめて気づいた。

そこではっとしてブレーキを踏んだ。車が列をなしているのだ。

渋滞の気配などまるでなかった。なぜこんなところでと目を細めて背筋に寒気が走った。

赤と白のコーンが並べられ、奥にはパトカーが並んでいる。その光る赤色灯を見て、鼓動が激しくなる。

警察が検問をしているのだ。白いヘルメットをかぶった警官が、赤い誘導棒を振っている。

まずいと辺りを見回したが、ここは直線の一本道だ。逃げればかえって目立つ。だがこのまま警察官をやり過ごせるだろうか？　メガネをかけているので、すぐに西村だとは気づかれなさそうだが、問題は免許証の提示だ。『西村悟』という名前を見れば、すぐにＨＯＰＥの代表だとわかる。

冷たい汗が全身から噴き上がったその時だ。

「西村さん！」

なぜか富永の声がする。富永がいるはずがないと思ってそこで気づいた。ＡＲメガネだ。ここから聞こえるのだ。

「富永さん」

「今このメガネで西村さんと同じものを見ています。検問ですね」

「そうです」

「桐生さんは指名手配されているが、西村さん、あなたはまだだ。おそらくあの警察官は桐生さんがいないかどうかを確認してる。西村さん、いいですか。免許証を提示しろと言われたら、さっき渡した鞄の内側のポケットに入っている名刺入れを出すんです。自分の免許証を見せずに、です」

「名刺入れってどういうことですか」

いいからと富永が言うと、急に黙り込んだ。もう前の車の検問が終わり、西村の番だ。生唾を呑み込み、そろそろと前進する。

車を止めて窓を開けると、警察官がにこやかに言った。

「夜分すみません。検問です」

「……飲酒検問ですか」

わざとらしくない程度に声色を変える。

「いえ、ご存知かと思いますが、桐生浩介の捜索をしておりまして」

「ああ、あのテロリストの」

「ええ、桐生がこっち方面に逃げたという情報がありまして、検問させてもらってるんですよ。免許証のご提示お願いできますか？」

心臓が飛び出しそうなほど鼓動が高鳴り、水につけたように手が汗で濡れている。

いつもの癖でポケットの財布を出そうとしたが、慌ててその動きを止める。富永に言われた通り、鞄をまさぐる。確かに名刺入れが入っていた。震える手でそれを開けると、カードが一枚入っている。それを確認しないまま、警察官に手渡す。

警察官が懐中電灯をあてて、免許証を眺めている。その顔がいつ豹変し、西村を車から引きずり出すのか……その光景を想像して、頭がおかしくなりそうだ。

するとと警察官が目線を上げ、こちらを見つめた。西村の顔から目を離さない。そのわずかな間が、西村には永遠に感じられた。心臓が破裂しそうな痛みに耐えながら、警察官の次の言葉をただひたすら待つ。

「ご協力ありがとうございました。江藤《えとう》さん」

にこりと微笑む警察官を見て、西村は呆然とした。江藤？　どういうことだと困惑している西村に、警察官が渡したカードを戻してくれた。

視線を下ろして仰天した。それは免許証だった。西村のメガネ姿の顔写真に、『江藤慎二《しんじ》』という名前が書かれているのだ。しかも住所も違う。顔写真以外はすべてでたらめだ。

運転にはくれぐれもご注意を、と警察官が言い、無事検問を突破できた。何が何だかさっぱりわからないまましばらく進むと、

「よかった。無事切り抜けられましたね」

ほっとした富永の声が、ARメガネから聞こえてくる。

「と、富永さん、あの免許証は一体？」

「道中に検問がある可能性を考えて、大急ぎで作ってもらったんですよ。あの暗号パソコンを売ってる店は偽造免許証も作ってるんです。まあ犯罪行為ですが、大目にみ

てください」

「いえ、そのおかげで九死に一生を得ました」

桐生に協力者が要《い》ると言われて、すかさず富永の名を挙げた。あの直感は間違いではなかったのだ。

「怪しい記者も役立つでしょう。ＡＩにはこんな真似はできない」

「ええ、どれだけＡＩが進化しても、富永さんは安泰だ」

そう笑みをこぼすと、アクセルをぐっと踏み込んだ。

22

合田はおにぎりを食べながら海を眺めていた。空腹だったせいか、おにぎりがうまくて堪らない。

ラジオでニュースを聞く。桐生が関東から東北方面に潜伏しているというニュースが流れる。そのあと総理代理となった岸が事態収拾のため、非常事態宣言を発令した上で、特別法として国家保安法の制定を急ぐというニュースが報じられる。

なんてことだ、と合田は呻いた。

名目上は今回の事件を収束させるためとなっているが、実際は政府に反対する人間にさらなる監視と圧力を加える法案だ。これではますます個人の権利と尊厳が無視されてしまう。非常事態宣言下でどさくさまぎれに制定されそうだが、平時ならばもっと時間をかけた議論が必要な法案だ。

そこに福島県警の刑事があらわれる。合田が指についた米粒を食べてから訊いた。

「どうですか？　桐生は見つかりましたか？」

「いや、捜索範囲は広げてるんですが、見つかりません。検問の網にもひっかからんそうです」

「そうですか」

と合田は思案しながら応じる。

桐生は船から海に飛び込んで行方不明となっている。二月の極寒の海だ。桐生の命はすでにない、県警の刑事たちはそう言っているが、合田の考えは違う。

桐生のあの覚悟を決めた目……ああいう目をした人間が、そう簡単に死ぬはずがない。それはこれまでの経験からわかる。

それに桐生の最後に口にした言葉。世界が終わってもいいのか……その意味を合田はずっと考え続けていた。

車に戻ると、奥瀬が助手席にいた。前かがみで何やらやっている。

合田が運転席に乗り込む。

「何やってんだ」

「地下水道で一瞬だけ盗聴できた桐生の言葉を聞いてるんです」

「録音もできるのかよ？」

「合田さんもちょっと聞いてくれませんか」

車のスピーカーから声が流れてくる。桐生の声だ。

『螺旋の部屋だ』

合田が首を傾げた。

「……これがどうしたんだ？」

そういえば桐生は最後にそんな言葉を残していた。

「いや、螺旋の部屋って抽象的で曖昧な言葉だなって。おそらく待ち合わせ場所だと思うんですが、もっと具体的な言葉の方がいいじゃないですか」

「確かにな」

「桐生って天才ですよね。百眼の性能もおそらく理解できている。だからすぐに盗聴されることもわかっていた」

そういえば桜庭もそんなことを言っていた。桐生が盗聴を探知するプログラムを作っていたとかなんとか……。

合田がはたと気づいた。

「そうか、螺旋の部屋ってのは桐生と西村だけにわかる暗号ってことか」

「ええ、そうじゃないかと。この会話を聞いた時から気になってたんですよ。この直後に西村はHOPEのデータセンターから姿を消している。たぶんこの『螺旋の部屋』で待ち合わせをするんじゃないかと」

と奥瀬が慎重に発言する。

こいつ、やりやがる、と合田がにやりとする。落ちこぼれなんてとんでもない。もしかすると本庁捜査一課を代表する名刑事になるかもしれない。

「てめえ、昼行灯《ひるあんどん》の大石内蔵助《おおいしくらのすけ》か。普段はぼうっとしてるくせに、いざとなったらやるじゃねえか」

「大石内蔵助……なんですかそれ？」

「バカ、忠臣蔵ぐらい知っとけ」

合田がエンジンをかけ、車を急発進させる。その勢いで奥瀬がのけぞる。近くにいた県警の刑事たちがぎょっとして避《よ》ける。

「ちょっと合田さん、車出す時は言ってくださいよ」

口を尖《とが》らせる奥瀬に片手で書類を渡す。

「県警が洗い出してくれた桐生に縁《ゆかり》の場所だ。ここのどこかに螺旋の部屋はある」

23

西村は門を通り、中へと入っていった。門の横には『取り壊し予定』と書かれた看板がある。

駐車場に車を停めて辺りを見回した。古びた軽自動車が一台あったのでぎくりとしたが、中には誰もいない。さらに目を凝らして周囲の様子を探るが、警察の姿はどこにもない。

とりあえず一安心して車から降りると、アスファルトがひび割れていた。その足裏の感触に寂しさを覚えながらも歩いていくと、建物が見えてきた。

暗くてよく見えないが、ずいぶん老朽化している。中に入ると、床は瓦礫《がれき》で埋もれている。白い壁が黒ずみ、どこから侵入してきたのか、ツタもからみついている。

蜘蛛《くも》の巣が顔にかかり、慌ててそれを払いのける。

その瓦礫の床には無数のパソコンモニターが転がっている。その画面はひび割れ、もはや使い物にならない。

人の手が入らないとこうなるのだ、とため息をついた。ここは東北先端情報大学の跡地だ。閉鎖されて無人のまま放置されている。こんな施設が今日本のあちこちにあるのだ。

さらに奥に進むと、螺旋状の科学的なオブジェが見えてきた。懐かしさで胸がいっぱいになる。かつてはこれを見て研究に励んでいたのだ。

そこに桐生がいた。薄明かりの下で一心不乱にキーボードを打っている。そのパソコンには古いパソコンが何台も連結されていた。その姿も、昔の記憶と重なって見える。無事だったかと西村はひとまず安心した。

警察の盗聴に気づいた瞬間桐生が発した『螺旋の部屋』という言葉は、やはりこの場所のことを示したのだ。

さらに近づくと、桐生の顔に細かな傷がある。髪も服もボロボロで、まるでボロ雑巾のように汚れている。その逃走劇がどれほど過酷だったかがその姿を見ればわかる。

そして桐生の顔を見た途端、黒い疑惑が再び胸から浮かび上がった。絶対に違う。そうは思うのだが、どうしても気になってしまう……。

そこでやっと声を出した。

「『螺旋の部屋』、ここは義兄さんと姉さんの出発点ですもんね」

桐生がこちらを向き、ほっとした顔になる。

「よく気づいてくれたな。尾行は大丈夫か？」

「大丈夫です。ＧＰＳ機能もオフにしてます」

西村がそこで質問をぶつける。

「それにしても義兄さん、海に飛び込んでどうやって助かったんですか？」

桐生が仙台行きのフェリーから海に飛び込んで逃走した、とニュースで報じられたのだ。さらに桐生を発見した際は、すぐに警察に通報するように呼びかけていた。

それを聞いて、西村は目の前が真っ暗になった。この極寒の海に飛び込んだのだ。生きているわけがない……そう絶望しかけたが、どうにか気持ちを奮い立たせてここにやって来たのだ。

桐生が眉を開いて応じる。

「偶然通りかかった漁師の方に助けられたんだ」

「通報はされなかったんですか？」

「……その漁師の奥さんがのぞみのユーザーだったんだ。のぞみのおかげで妻は長生きできたと感謝された。だから見逃してくれた」

「そうですか……」

こんな事態になっても、まだのぞみに感謝してくれている人がいる。そのありがたさに西村は胸の中が熱くなった。

「義兄さん、どうして仙台のデータセンターではなくわざわざここに来たんですか？」

「仙台のデータセンターはもう警察が待ち構えている。それに仙台のデータセンターにはこれがない」

桐生が斜め右を見やる。そこには大型のコンピューターがあった。サーバーだ。複数のパソコンがそれとつながっている。

「おまえが成田からデータセンターに向かう道中で教えてくれただろ。大学は閉鎖されて放置されてるって」

確かにそんなことを言った覚えがある。

「それを思い出したんだ。ならばこのサーバーから設計時に作ったのぞみＡＩモデルをフォレンジックで取り出せるってな」

西村が声を高める。

「なるほど。それなら一からプログラムを作らなくていい」

フォレンジックはコンピューター本体に記憶されたデータを解析することだ。犯罪捜査で用いられる用語だが、桐生はのぞみの暴走を止めるプログラム作成のために利用する気なのだ。

「悟、暗号化されたパソコンを富永さんから受け取ったか」

「ええ、大丈夫です。きちんと受け取って持ってきました。それと富永さんが食料と着替えも用意してくれました」

鞄からサンドイッチと服を取り出して渡すと、桐生は汚れた服を脱いで着替える。それでさっぱりしたのか、少し元気を取り戻したようだ。

「よしっ、パソコンを渡してくれ」

差し伸ばす桐生の手を無視するように、西村が重々しく切り出した。

「……義兄さん、一つ聞きたいことがあるんです」

「なんだ。時間がないんだぞ」

「いえ、これはどうしても聞いておかないといけない。義兄さんは本当に犯人じゃないんですか？」

この期《ご》に及んでもどうしても疑念を払拭できなかった。

「何言ってる！　まだ俺を疑ってるのか！」

さすがの桐生も激昂《げっこう》するが、かまわず続ける。

「もちろん僕も義兄さんが犯人ではないとは信じています……でも、どうしてもそう強く確信することができない。あれが……あのせいで」

この七年間、ずっと忘れられないあの記憶にまた火がつく。

「……一体なんのことだ」

こっちの様子がおかしいので、桐生の声が少し落ちつく。

「七年前、義兄さんは姉さんの回復を心から願い、のぞみを開発した。それなのに、姉さんが救えるという土壇場でのぞみは使わないと言った。あれは、なぜなんですか？」

つい声が大きくなり、部屋中に反響する。表情の変化を見逃すまいと、西村は桐生に目を据える。桐生は浅く息を吐くと、抑えた声で切り出した。

「……厚労省の認可など無視して、のぞみを使い、望の命を救おう。悟、おまえはあの時そう言ったな……」

「ええ、確かにそう言いました」と慎重に頷く。

「……のぞみにルールを守る大切さを覚えさせるためだ。人の作ったルールを無視してのぞみを使えば、のぞみは人を軽んじるＡＩになってしまう。それだけは絶対にしてはならなかったんだ」

「……姉さんは、姉さんは、なんと言ったんですか」

一拍置いて尋ねると、桐生が感情を込めて答えた。

「……望はこう言った。のぞみは私達の子供であり、未来の希望。いつか認可が下りて、のぞみが苦しんでる大勢の人を救ってくれる。だから最初にのぞみにルールを守る大切さをちゃんと教えてあげましょう。それが親としての私達の役目だと……」

その瞬間、西村の目から熱い涙がこぼれ落ちた。姉が、望がそう語る姿が、頭の中で鮮やかに浮かんでくる。そうだ、姉さんは、姉さんはそんな人なんだ……。

　桐生の目にも涙が浮かんでいる。

「望は自分が命を失っても、のぞみに未来を託そうとしていた。自分を犠牲にしてでも、たくさんの病気に悩む人を助けてやりたい。そう強く、強く願っていたんだ。望が、望が生きてさえくれればいい……。俺はその気持ちを抱えながらも、望の想いを聞いて、俺は、俺は……」

　その瞳から涙が溢れボタボタと落ちる。まるであの時こぼせなかった涙を、七年我慢していた涙を、今流しているようだ。

　義兄さんは、そんな想いを抱えて決断したのだ……その時の桐生の気持ちを想像して、西村は愕然とした。

「じゃあなぜ、どうしてそのことを僕に教えてくれなかったんですか。義兄さんと姉さんが、のぞみの未来を考えて、のぞみを使わなかったことを……」

「望が悟には言うなと言い残したからだ。いつか、悟、おまえ自身がＡＩに携わる人間として自分でそのことに気づいて欲しいと。そして悟ならばきっとルールを守る大切さに気づいて、のぞみを正しい道に導いてくれると。俺もそう思い、そのことは秘密にしていた」

　バカだ。僕は、なんて愚か者だったんだ……義兄さんと姉さんの想いに気づかず、ずっとひきずっていた。しかもそのせいで、義兄さんを信じきれなかった。その情けなさに、西村は自分で自分を殴りつけたかった。

「悟、俺が日本から離れたのは、おまえにのぞみを任せられると判断したからだ。そしてその判断は間違いじゃなかったと思ってる。おまえのおかげでＨＯＰＥは、のぞみは立派に成長した」

「……じゃあどうしてこのタイミングに日本に戻ってきてくれたんですか」

「それはおまえのビデオメッセージを見たからだ」

のぞみの功績が認められて、桐生に総理大臣賞が贈られることになった。西村はビデオメッセージでそう桐生に知らせたのだ。

「正直日本には来たくなかったが、おまえの嬉しそうな顔を見てな。それに心にものぞみを見せてやりたかった」

聞いてみればなんでもないことだった。なのに自分はぐちぐちと悩んでいた。

そうだ。そうだったんだ。富永の手紙を見て富永を信じたように、ただ素直に桐生を信じればよかったんだ。この最高に賢く、最高に優しい義兄さんを……。

手の甲で涙を拭い、パソコンを桐生に手渡した。

「すみません。義兄さん、もう大丈夫です。すべてが終わったら僕を叱ってください。まずはのぞみの暴走を止めましょう」

迷いは涙と共にすべて消え去った。あとは前を向くだけだ。

「この犯人は絶対に許せない。のぞみを暴走させて人殺しの道具にするなんて、姉さんの想いを踏みにじる行為だ」

桐生の話を聞いて、改めて怒りが込み上げてくる。望は、自分の命を捧《ささ》げてまでも、のぞみにルールを守る大切さを覚えさせようとした。

なのにこの犯人はのぞみを蝕《むしば》み、今そのルールを破らせている。それはのぞみに関わるすべての人間の心を踏みにじる所業だ。その残虐非道な振る舞いに、頭が沸騰しそうだ。

「ああ、俺もこの犯人は許せない」

桐生も怒りをにじませている。意を決したようにパソコンを立ち上げ、コードを連結させる。

「これなら匿名サーバーを経由して、百眼から逃れられる。そしてのぞみを暴走させた犯人を探し出せる」

「そんなことができるんですか？」

「ああ」桐生が頷く。「悟、あれから冷静になって考えたが、やはりのぞみのセキュリティーを破ることは不可能だ。おまえもそう思うだろ」

「ええ、義兄さんの考えたあのシステムは完璧です」

桐生が考案したのは特殊なファイヤーウォールだ。これを破る人間がいるとは到底思えない。だからこそ桐生が犯人だと考えてしまったのだ。

「ネットからのぞみにアクセスすることは絶対にできない。ならば考えられるのは一つだ。何者かがデータセンターに忍び込み、のぞみに直接プログラムを読み込ませた。そしてバックドアを作ったんだ」

バックドアとはその名の通り裏口のようなものだ。これがあればファイヤーウォールを無視して、いつでものぞみに侵入することができる。

そこで西村はぎょっとした。ならば、犯人は……。

「そうだ。犯人はＨＯＰＥ内部の人間だ」

西村の表情で察したのか、桐生が声を沈ませる。

「そんなはずはありません。うちの社員に、そんな……」

前川、一ノ瀬、飯田、その他大勢の社員の顔が脳裏をよぎる。彼らの中に裏切り者がいる。とても信じられないが、確かに状況は内部の人間以外に犯行は成し得ないことを示している。

桐生がパソコンに目を戻した。

「悟、おまえが社員を信用したい気持ちはわかるが、これから犯人を炙《あぶ》り出す。これでのぞみのアクセスログを読むんだ」

エンターキーを桐生が押すと、画面に膨大なログが流れていく。

「不審なログを見つけたら反応する。おそらくそこに犯人は痕跡を残しているはずだ。おまえはこれを見ててくれ」

「義兄さんは、何を？」

「俺はのぞみの新しいプログラムを作るために、のぞみの学習ログを読む。さあ、やるぞ」

「わかりました」

頬を叩いて気合いを入れなおし、二人で作業に取りかかる。その直後、桐生の顔色が一変した。

「……嘘だろ、そんな」

「どうしたんですか？」

西村が桐生のパソコンを覗き込む。桐生が声を震わせた。

「のぞみが……命の選別をはじめた」

すると、パソコンに奇妙な映像が流れはじめた。

無数の顔写真だ。その横に納税額、所属する企業や地域、社会的地位などの個人情報が記載されている。そして、最後に余命価値と書かれていた。

「やめろ、のぞみ、やめるんだ」

悲鳴のような声を桐生が上げ、西村がモニターを指差す。

「この余命価値とは……」

「いくつものパラメーターから、生きる価値のある人間とそうじゃない人間を区別しようとしている」

「なぜ、そんなことを……」

桐生はわずかに間を置き、声を絞り出した。

「……それは生きる価値のないものを殺すためだ」

「じゃあのぞみでホロコーストを」

思わず声がこぼれる。

「そうだ。それが犯人の真の目的だ」

怒りで頭が割れそうになり、気が一瞬遠くなった。のぞみの力を、まさか人を選別するために使うだなんて……これほどの悪行があるのだろうか。

すると画面に時間が表示された。

『6：00』

そこから一秒ずつ減っている。

「まさか……」

桐生がか細い声を漏らした。

「カウントダウンだ。のぞみが命の選別を開始するまであと六時間」

西村の脳裏に、ばたばたと倒れていく人々が浮かんだ。倒れた母親にすがり、子供が泣き叫んでいる。たった六時間後にそんな光景がくり広げられる。それはこの世の終わりだ……。

「ここからのぞみを止められないんですか」

絶叫するように尋ねると、桐生が首を横に振る。

「無理だ。時間があれば可能だが、この段階に至ってはとても六時間ではできない。こうなったらのぞみに新しいプログラムを直接読み込ませるしかない」

「そんな……」

絶望で喉が締めつけられる。のぞみのある千葉のデータセンターには警察官がいる。つまり彼らを排除するか強引に突破するかして、のぞみの元に向かわなければならない。そんなことできるわけがない。

「悟、犯人だ。犯人を探し当ててその証拠を突きつけさえすれば、警察は俺を逮捕できない……いや、拘束を逃れるのは無理でも、のぞみにプログラムを読み込ませる猶予はもらえるはずだ。のぞみに虐殺などさせない。みんなを、心を、救うんだ」

「はい」

希望が、活力が胸の中から湧き起こる。肝心なことを忘れていた。崖っぷちの状態とはいえ、それに立ち向かうのは桐生浩介なのだ。この神と呼ばれる世界最高の頭脳の持ち主が、このまま犯人の所業をむざむざと見過ごすわけがない。

桐生が猛然とキーボードを叩きはじめる。西村もモニターにかじりつき、歯を食いしばりながら見つめる。

その瞬間、ログの表示が止まった。即座に報告する。

「不正アクセスログ見つけました。四ヵ月前の一〇月一五日一三時二一分、この時間に何者かがのぞみにバックドアをしかけています」

「よしっ、監視カメラの映像を開いてみろ。犯人が映ってる可能性が高い」

桐生がキーボードを叩きながら命じる。もう手を止める猶予すらない。

犯人はHOPEの人間であることに間違いはない。認めたくはないが、もうそんなことを言ってる場合ではない。その犯人が誰であるかが、今ここであきらかになる。だが犯人が誰であっても、絶対に動揺しない。そう心を固めた。

西村がCAMボタンを押した。映像が流れる。のぞみだ。のぞみの姿が映し出されている。サーバールーム内の監視カメラだ。

カメラはサーバールームの高い天井に取りつけられているので、かなり上方から見下ろすアングルになっている。すると前川があらわれたので、心臓が跳ね上がる。前川が犯人なのか？　くそっ、覚悟を決めたはずなのにもう心が揺れている。西村はもう一度活を入れ、モニターに目を凝らした。

だが前川は、誰かと談笑しながら通り過ぎる。よかった。彼ではない。わずかに安堵の息を漏らす。

その直後だ。スーツ姿の男があらわれた。顔が見えない。背中だけだ。

男が小型のケースを開けて、中から非接触型メモリを取り出した。そのメモリをのぞみの目にかざしている。するとのぞみの目が点滅しはじめた。プログラムを読み込んでいるのだ。

まさか、こいつは……。

西村は困惑した。確かにその男は西村には見覚えがある。桐生の指摘通りＨＯＰＥの社員であり、西村のよく知る人物だ。いや、よく知るどころではない。西村は、この男のすべてを知っている。

男が振り向き、その顔をこちらに見せた。

その瞬間、西村は思わず立ち上がった。幻覚？　いやこんな意識がはっきりした状態で幻覚など見るわけがない。これは、紛れもない現実だ……。

そこには西村自身が映っていた。

24

富永は会社の喫煙室にいた。

だがタバコを吸っているわけではない。タバコのことなど忘れて、何かに見入っている。それはARメガネだった。

さっきから西村の視界をずっと眺めている。桐生に対する西村の態度の正体と、それが西村の誤解から生まれたものであること、そして桐生望ののぞみに託した想いもすべてわかった。あと六時間でのぞみが命の選別をはじめることも知っている。もう衝撃の連続で、感情が麻痺しそうだ。だがそれを遥《はる》かに上回る、津波のような衝撃が富永に襲いかかってきた。

犯人が西村……？

なぜだ。どうしてだ。西村がなんのためにそんなことをする。その疑問が浮かぶと同時にはっとした。

そう、さっきハチ公前で西村と別れた時、富永の胸の中にある嫌な考えが浮かんだ。それは桐生が犯人である動機を考えていた時だ。田中総理にもっとも恨みを抱いている人物は桐生以外にはない。あの瞬間まではそう思っていた。

だが今そうではないと気づいた。もう一人、田中を憎んでいる人物がいる。

それが西村悟だ。

桐生望は西村の姉でもある。近しい人が田中のせいで亡くなったという点では、桐生も西村も同じだ。そして西村は望に対して、桐生に勝るとも劣らない深い愛情を抱いている。つまり桐生の動機は、西村の動機でもあるのだ。

そして西村ならば、のぞみを暴走させることは可能だ。もちろん桐生を犯人に仕立てあげることも……。

さらにそこで思い出した。そういえば荒巻が言っていた。データセンターの所長である前川が、西村の様子がおかしいと心配していたと。

もしかすると、このテロ計画を胸に秘めていたからではないだろうか。こんな大それた犯罪をしようとしていたのだ。平常心でいられる方がどうかしている。今思うと十分にありえる話だ。

それに西村と桐生との三人で会話をしている時、「犯人探しは後回しにしましょう」と西村は富永の追及を逸らした。あれは自分が犯人だったからなのか……？

だがそんなことは到底信じたくはない。西村はそんな男ではない。短い付き合いだが、これほど素晴らしい男はいないと富永は確信している。しかし、この映像に映っているのは西村本人に間違いがない。

するとARメガネから声が聞こえてきた。

25

衝撃のあまり、西村は声を漏らした。

「こっ、これは……」

のぞみにバックドアを仕掛けたのは自分だった。これほど困惑する出来事がこの世にあるだろうか。なぜだ。なぜ自分がこんなことを……。

まさか自分の中に潜む別の人格が、こんな所業を行ったのだろうか。違う。そんな荒唐無稽《こうとうむけい》な話があるわけがない。

「どうした」

桐生が西村の異変に気づいた。

「いえ……」西村が消え入りそうな声で応じる。

「なんだ。何が映ってたんだ」

桐生が脇から覗き込んで、モニターの映像を確認した。そしてそこに映る西村が目に入った途端、その場で飛び上がった。みるみるうちに顔が青ざめていく。

「……悟、どうしておまえが」

その唇が小刻みに震えている。当然だ。自分自身もそんな顔になってるだろう。

「違う、違うんだ。義兄さん」

必死に弁明しようとした直後、西村は唐突に思い出した。

そうか、あの映像はあの時の……ちょっと待て。じゃあ犯人は……。

その刹那、西村は桐生の背後に何かがいるのに気づいた。ハエのようなものが飛んでいる。いや、ハエではない。警察の監視ドローン、Ｆｌｙだ。

すると目の前で小型の花火が上がるかのような光と爆発音が同時に生じた。目の前で小型の花火が上がった感じだ。目が眩《くら》んでよろける。なんだ。何が起きたんだと考える間もなく、桐生が西村の腕を引っ張り物陰に引きずり込んだ。

またばきをくり返すと、ようやく視界が少し戻る。どうやらＦｌｙには閃光弾の機能もあるらしい。

痛む目を堪えて周りを見回すと、銃を構えたＣＩＴＥの隊員が施設の扉を蹴破り、中になだれ込んできた。もう警察がここを嗅ぎつけたのだ。早い。あまりにも早すぎる。

「警視庁です」

さらに女性刑事らしき若い女が駆け込んできた。そしてその隣にいる初老の刑事が叫ぶ。

「桐生、そこにいるのか。おとなしく出てこい」

桐生はそれを無視してこちらを睨みつける。

「悟、どういうことだ。あの映像はなんだ？　なぜのぞみにバックドアを仕掛けたんだ」

「あれは誤解なんです」

西村の言葉を遮るように、初老の刑事がもう一度叫んだ。

「桐生出てこい。撃たれるぞ」

研究室の柱を楯にしながら入り口付近を覗くと、その刑事がＣＩＴＥの大柄な隊員に「まだ犯人と決まったわけじゃない」と諭している。

この隙にＣＩＴＥの隊員の構える銃口から逃れる道はないかと、柱に身体を押しつけながら建物の奥を覗き込む。だが隣から桐生の腕が西村の肩に伸びてきた。

「警察が来るのも早すぎる……まさか……」

桐生の目が揺れている。

「違う、違うんだ、義兄さん、信じてくれ！」

西村の声に反応したＣＩＴＥの隊員がさらに近づいてくる足音がする。

「下がれ。撃つんじゃねえぞ」

初老の刑事に怒鳴られたその隊員が負けじと声を張り上げる。

「下がるのはおまえだ。こっちは上からの命令で動いてるんだぞ」

なぜかわからないが、警察官同士でもめている。この隙を衝《つ》くしかない。

西村は桐生の方を向き、心を込めて訴えた。

「……ＡＩで命を救う。困っている人を助ける。僕はずっとそう考えてＨＯＰＥをやってきた。お願いです。義兄さん、僕を信じてください」

桐生がまっすぐ西村を見つめる。ほんの一瞬のことだが、とても長く感じられる。

「……わかった。悟、おまえを信じる。とにかくここを切り抜けよう」

そう桐生が頷き、ほっとしかけた直後だ。視界の隅で、回り込んできたＣＩＴＥの隊員の姿を捉えた。

「撃て、脚なら構わん」

隊長の声がした直後、銃口が火を噴いた。発砲音が聞こえ、火薬の匂いが漂う。なんの躊躇もなく撃った……その事実に西村は血が凍りついた。これが本当に日本の警察なのか。

「大丈夫だ。当たってない」

桐生が安心させるように言うが、その声は耳には届かない。もう一方からもＣＩＴＥの隊員があらわれたのだ。その指が引き金を引こうとしている。

「義兄さん！」

考える間などない。体中の細胞が爆発したように、体が勝手に動いて桐生の前に立ち塞がった。その西村の大声で隊員が動揺したのか、ライフルの銃口がぶれた。それがスローモーションで見える。そして火花が散った。

熱い……。

なぜか腹に熱さを覚えた。どうして熱さなんか……その直後、悶絶するような激痛が襲ってくる。これまでに味わったことのない強烈な痛みだ。

桐生が血相を変えて、西村を柱の裏に引っ張り込んだ。そして西村の腹に手を当てた。その手は真っ赤に染まっている。

なんだ。撃たれたのか。不思議なことに、なぜか他人事のような気がした。そしてその理由が瞬時のうちに腑に落ちた。

ああ、これは罰なんだ……義兄さんを疑い、犯人だと思ってしまった。だから撃たれたのは、その罰を与えられてるんだ。

西村がかすれた声で言う。

「……すみません。俺、義兄さんを疑って……のぞみも守れなくて……これじゃあHOPEの代表失格だ。姉さんにも、天国の姉さんにも謝らないと」

震える手でポケットをまさぐり、メガネケースを手渡す。

「ここにデータセンターまでの道が……」

声を何かが塞いでくる。血だ。血の味がする。肺に血が入ってるんだ。その血の味が教えてくれる。もう、自分の命は終わると。

「のぞみと心ちゃん……姉さんが最後に残したものを、助けに行ってください」

「悟、しっかりしろ」

桐生が必死の形相で励ましている。激痛を堪えて、声を、最後の声を届ける。これは、これだけは伝えなければならない。

「義兄さんは俺の誇りです。ずっと姉さんを想ってくれて本当に嬉しかった。俺は、それが、本当に、本当に、心の底から嬉しかったんです……」

「悟……」

桐生の目からまた涙がこぼれ落ちる。

ああ、言えた。よかった……その満足感で意識が消えそうになる。だがそれを渾身の力で耐える。まだだ。まだやらなければならないことがある。

西村は立ち上がった。ぼやける目に力を込め、前を向く。動け、動け。体中の細部に必死で活を入れる。

ふりやまない銃撃の雨の中、机の前まで行くと、ノートパソコンをケーブルから外した。暗号化されたパソコンだ。このパソコンがなければ、修正プログラムは作れない。これだけは絶対に義兄さんに渡さなければならない。

桐生に向けて渾身の力で放り投げる。桐生はそれを受け取った。

吐血し、血しぶきが床を真っ赤に染める。ＣＩＴＥの銃撃はまだ続き、銃声が鳴り響いている。無数の弾丸が床や壁を砕き、その破片が飛び散っている。

桐生がこちらを見た。なんて、なんて辛そうな顔なんだ。桐生にそんな顔をさせてしまったことが、西村には申し訳なくてならなかった。

「義兄さん、行って！　行くんだあ！」

意を決したように、桐生が顔をそむけて駆け出した。

「追え、追うんだ」

ＣＩＴＥの隊長の声が響き、大きな足音がする。なぜかその振動を頬に感じる。あれっ、なんでだ……そう思ってすぐにわかった。いつの間にか力つきて、床に倒れ伏していたのだ。

もう限界だ……このまま目を閉じたいが、もう一人伝え忘れていた。口に充満する血を一度吐き、喘ぎながら言う。

「……富永さん、見てましたか」

「喋るな。西村さん、喋るな」

メガネから富永の涙声が聞こえてくる。富永は、ＡＲメガネでこの光景を見ている。

「すっ、すみません……こっ、こんなことになって。義兄さんを助けてあげてください。のぞみを、心ちゃんを救って」

「わかった。西村さん、必ず桐生さんと俺がなんとかする。だっ、だからもうしっ、静かに……頼むから余計な力を使うな」

涙で詰まってうまく話せないようだ。

「むっ、麦茶……またうちで麦茶を一緒に呑みましょう」

なぜだろう？　こんな時に家の麦茶のことを思い出した。富永を家に招いて呑んだ麦茶。あれは格別に旨かった。

「わかった。のぞみの暴走を止めて何もかも無事に終わったらきっと呑もう。だから西村さん、お願いだ。死ぬな……死なないでくれ」

「えっ、ええ、楽しみにしてます……僕は、死にませ……」

そう言い終わる前に、途端に猛烈な眠気が襲ってきた。義兄さんにも、富永さんにも伝えたいことは伝えることができた。もう、いいか……そう思って目を閉じると、まぶたの裏にある人の姿が浮かんだ。

なんだ。姉さん。そんなところにいたのか。

それは桐生望だった。望は微笑むと、手を差し伸べてきた。西村はそれに応じ、その手を握った。

懐かしい。柔らかくて、優しくて、そうだ、姉さんはこんな手だった。子供の頃、よく一緒に手を繋いで、家路についた。あの二人で歩いた夕焼け道がやけに懐かしい……西村はそのことを思い出した。

そして、いつの間にか安らかな眠りについていた。

26

合田は麻生の胸ぐらを掴んだ。

「なぜだ。なぜ撃ったんだ」

麻生が不機嫌そうに答える。

「……百眼が射撃許可を出したからだ」

「ふざけるな！　おまえは人間だろ。警察官だろ。ＡＩに人の命を奪うかどうかの選択を預けてんじゃねえよ」

すると麻生のＡＲメガネから桜庭の声が聞こえてきた。

「遺憾ですが、事故です。ＣＩＴＥの隊員は一貫して被疑者の脚を狙っていた」

「何が事故だ。あいつらは拳銃を所持していない。丸腰だ。撃つ必然性などどこにもなかった」

合田の怒声に、麻生を含めたＣＩＴＥの隊員がうつむく。

一拍置いた後、桜庭が声を絞り出した。

「……百眼の指示に間違いはありませんでした。ですが我々人間の方が西村の動きを予測できなかった」

「何が間違いはなかっただ。実際に銃は持ってなかっただろうが。そんなもんあいつらの目を見りゃわかる。いいか、機械に判断を預けるな。人間の目を信じろ。そうしないとこんな悲惨なことが起こるんだ！」

細い息を漏らす音が聞こえ、桜庭が抑えた声で言った。

「……私はあなたと議論する暇などないのです。早く桐生を追え」

「了解しました」

麻生と隊員達が駆け出した。

合田は奥歯を嚙みしめ、自分の無力さを痛感していた。長い刑事人生でも、こんなはらわたが煮えくり返るような経験は味わったことがない。

西村が視界の隅に入る。西村は床にふせて、ぴくりとも動かない。合田は側に駆け寄り、西村の状態を窺った。脈もなく呼吸もしていない。残念ながらこと切れている。

唇を嚙んだ合田が西村のまぶたを閉じようとしたが、寸前でその手を止めた。西村はすでにまぶたを閉じていたからだ。そして微笑むように眠りについている。

すまねえ……合田は手を合わせ、その冥福を祈った。

「合田さん、行きましょう」

奥瀬が焦った声をかけてくる。

「奥瀬、おまえ本当に桐生が犯人だと思うか？」

唐突な問いに、奥瀬が一瞬言葉を詰まらせる。それから葛藤を含んだ声で応じる。

「……わかりません」

やはり奥瀬も迷っている。桐生は犯人ではない。真犯人は別にいる。合田の勘がそう告げている。

「じゃあ桐生にしかのぞみの暴走を止められないと思うか？」

「……正直、それは感じています。現にデータセンターに詰めているサイバー犯罪対策課員では対処できていないそうです」

ARメガネを通して百眼から得ている情報だろう。

「わかった。ならばCITEより先に俺たちの手で桐生を捕まえるんだ。桐生が命を落とせば世界は一巻の終わりだ」

「了解です」

奥瀬が頷いた。

駐車場に出ると、一台の車が猛烈な勢いで発進した。白い四輪駆動のワゴン車だ。運転席には桐生が乗っている。

それをCITEの装甲車が猛追していく。合田と奥瀬も急いで覆面パトカーに乗り込む。

海辺に出るともう夜が明けかけ、海面が朝焼けに染まっていた。一瞬だがその美しさに見入ってしまう。だが今はそんな景色に心を配るゆとりなどない。

「スピードを上げます」

奥瀬がアクセルを踏み込んだ。急激な加速で、合田はシートに押しつけられる。

前方では、桐生の車が装甲車に追いつめられている。ここは崖の上にある道だ。一瞬でも判断を間違えば、そのまま崖下に転落する。さすがの合田も冷や汗を掻いた。

装甲車からCITEの隊員が顔を出した。手にはライフルを持っている。まさか、と合田は目を剝いた。

案の定、隊員が発砲した。崖上に乾いた銃声が轟く。桐生の車のタイヤに命中し、車がその場で一回転した。このスピードでは止まれない。

車はそのままガードレールをぶち破り、視界から消え去った。その直後、強烈な爆発音が聞こえ、火柱が上がった。まるで死ぬ間際に見る走馬灯のように、合田の目にはスローモーションで見えた。

奥瀬が急ブレーキをかけて車を停止させる。合田は大急ぎで車を降り、ガードレールから崖下を覗き込んだ。

車は燃えて、煙があたりに立ち込めている。火の粉が舞い上がり、肌が熱くなる。とても助かるわけがない。

合田のスマホが鳴る。登録していない番号からだ。どうやらさっきから着信が何度もあったようだ。

放心状態のまま合田の指が画面に触れる。

「おっさん」

聞いたことのある声だが、誰だかわからない。

「……誰だ」

「俺だ。競馬場で呑みに行った記者の富永だ。おっさん、今、桐生浩介を追ってるだろ。桐生はどうなった？」

「なんでおまえがそれを知ってる」

「そんなことはどうでもいい。桐生さんは、桐生さんはどうなったんだ？」

合田は唇を嚙み締めた。

「死んだ……桐生の車は崖から転落した」

つい話してしまった。気が動転している。

「死んだだと……嘘だろ、桐生さんが死ぬわけがない」

「間違いない。俺がこの目で目撃した。この高さから落ちて、車も炎上したんだ。生きているわけがない」

「そんな……じゃあのぞみはどうなるんだ。心はどうなるんだ……」

と富永が絶句する。

その魂がぬけ落ちたような声を聞いて、合田は思わず目を閉じた。

27

富永は天を仰いだ。

西村は亡くなり、もうこの世にはいない。桐生が、桐生だけがこの絶体絶命の危機を救ってくれる唯一の希望だった。そのか細い希望の糸が今、断たれたのだ……。

もう頭も体も動かない。動く気力すらない。富永はしばらくの間、そのまま打ちひしがれていた。

だが、いつまでもこうしていられない。そうだ。心は、心はどうなったんだ。

「HOPEの飯田と通話」

そう命じると、コール音がした。西村が、飯田に連絡を取ってくれと言っていた。

「はい。飯田です」

「デイリーポストの富永です。心は、心の様子はどうですか？」

「今、ARメガネに映します」

西村から富永のことは聞いていたのだろうが、反応が早い。優秀な社員のようだ。

ドアの前で警察官が何やら作業をしている。ドンという小さな爆発音がした。ガラスを爆破しようとしているのだ。

警察官の一人が顔を歪ませて言った。

「これ以上火薬量を増やすと天井が先に崩壊します」

小太り気味の社員が止めに入る。

「ダメだ。サーバーを、のぞみを壊すわけにはいかない」

ガラスの向こうにいる心が目を開けた。あの爆発音で起きたのだ。富永はその顔を見て愕然とした。

心の顔は蒼白だ。唇も青ざめて、血の気がどこにもない。筋肉も硬直しているのか、表情に動きが一切ない。そしてまた力なく横になった。

「飯田さん、心はどんな状態ですか……」

「……もう低体温症がはじまってます」

その口ぶりで心の状態がわかった。もう一刻の猶予もない。

「富永さんとおっしゃいましたね。社長は、社長はどうなりました？」

焦った飯田の声が聞こえてくる。一瞬躊躇したが、黙っていても仕方ない。覚悟を決めて打ち明ける。

「……亡くなった」

無音だ。だがその向こうから飯田の悲痛な心の叫びが聞こえてくるようだ。

「桐生さんは……どうされましたか？」

「……桐生さんもこの世にいない。車で崖から落ちた」

言葉にして改めてわかった。この状況で桐生と西村を失うということは、この世が終わったということなのだ……。

「……所長とみんなに伝えます」

血が滲むような声でそう言い、飯田が通話を切った。

富永は力なく腰を落とした。座ったのではなく、立つ気力もなくなったのだ。ふとシートに置いていたタバコの箱が目にとまった。これがこの世で吸う最後のタバコになるのかもしれない。タバコを一本抜いて、ライターを手にした。だが手が震えてうまく火がつけられない。なぜだか富永は笑ってしまった。

「……富永さん」

誰かが遠くから呼んでいる。

富永は一瞬困惑した。喫煙室には自分以外に人はいない。

「富永さん、応答してください」

まただ。また聞こえる。しかも聞き覚えのある声だ。誰だ？　誰が俺を呼んでいるんだ。

「富永さん、桐生です」

その声はメガネのフレームからだった。

「きっ、桐生さんですか！」

富永が声を裏返らせた。

「そうです。桐生です」

そこではっとした。西村は息絶える直前に、桐生にポケットからメガネケースを手渡していた。

「どっ、どういうことですか。車は崖下に転落したんじゃ……」

怪訝そうに桐生が尋ね返す。

「どうしてそれを富永さんがご存知なんですか」

「それは後で説明します。どうやって生きのびられたんですか」

「ホログラムですよ」

「ホログラム？」

「ええ、悟が俺のデータを車に事前に入力してくれてたんです。俺の姿をホログラムで投影し、あたかも俺が運転しているように見せて警察の目をごまかしました。そして俺は別の車に乗って、そちらに向かっています」

西村の顔が頭をかすめ、つい声を沈ませる。

「……桐生さん、西村さんは……」

そう言いかけると桐生が遮る。

「富永さん、今は悟のことは……」

その声音で桐生の胸のうちがわかった。西村の死を悼み、悲嘆に暮れる暇などない。今はのぞみの暴走を止めることに全力を注ぐ。桐生はそう言いたいのだ。

桐生が声を乱した。

「心は、心はどうですか」

「まだ大丈夫です。ただ残された時間はもう長くは……」

「……どちらにしろのぞみを止めなければどうしようもないということか」

ガラスは爆弾でも破壊できなかったのだ。もうあれを物理的に割る方法はないと考えるべきだ。

「プログラムはできそうですか？」

「それはなんとかなりそうです。悟がＡＲメガネに逃走経路を入れてくれてました」

「そんな機能があるんですか？」

「ええ、悟が大幅に機能を拡大してくれていました。監視カメラがあったり警官がいたりすれば注意表示をする拡張機能も入っています」

つい自分のARメガネを触る。そこまで高性能だとは思わなかった。

「そのデータを元に、AI搭載の自動運転車に運転させています。だから逃走しながらでもプログラミングに専念することができます」

「AIが役に立ってるんですね……」

富永は、つい父親のことを思い返した。だが今は、そのAIのおかげで世界が救える可能性が残っている。

すると桐生が神妙な声で言った。

「……お父さんはお気の毒でした」

富永がびっくりする。

「どっ、どうしてそれを？」

「悟から富永さんの名を聞いて、どこかで覚えのある名前だと思ってたんです。そこで思い出しました。あの手紙をくださった方かと」

「手紙のこと覚えてくださってたんですか？」

「ええ、もちろん。当然です」

「すみませんでした。あの時はＡＩが憎くて、なんの関係もない桐生さんを罵《ののし》って……」

まさかこんな形で謝罪できるとは思わなかった。

「いえ、お気にならさず。私はＡＩの開発者です。責任の一端はあるのですから」

あんな八つ当たりのような手紙でも真摯《しんし》に受け止め、その差出人の名前まで覚えている。それが、桐生浩介という男なのだ。

桐生が声をあらためた。

「とにかくプログラムはどうにかなりそうです。残り時間はあと三時間ほどですが、その前になんとか千葉のデータセンターに到着します。のぞみが命の選別をはじめるタイムリミットにはどうにか間に合いそうです」

「わかりました。でしたら俺もそちらに向かいます」

部外者はデータセンター内部に入れないそうだが、今は緊急事態だ。飯田に頼んでどうにかしてもらおう。だがそこでぎくりとした。

「そうだ。桜庭がいる。あの桜庭ならば、桐生さんが生きていることにも気づくのではないですか」

「彼ならば間違いなく気づくでしょう」

重々しい桐生の声を聞いて、胸に鈍痛がした。その声色で、桐生が桜庭の実力を認めていることが十分にわかる。まさに最大の難敵が待ち構えているのだ。

「関東方面は監視カメラだらけで、百眼にすぐに分析されます。それでも大丈夫ですか？」

「ええ、さすがにこれだけ追われ続けましたからね。やられっぱなしは性に合わない。対策はきっちり立てています」

一体なんだろうか？　富永が疑問に思っていると、桐生が先を急いだ。

「それより問題はそちらに着いてからです。桜庭をはじめとする警察は、俺の目指す先がのぞみのメインサーバーだと知っている。道中で俺を捕まえられなくても、最終的にそのデータセンターで待ち受けていればいい。だからそちらに着くまでに真犯人を探し出し、俺の疑いを晴らす必要がある」

「そうだ。犯人は、結局犯人は誰なんですか？」

「……それはわかりません」

その声が悔しさで滲んでいる。

「悟は犯人に騙《だま》されて、のぞみにメモリを読み込ませたと思うのです。おそらく検査用のプログラムだとでも言われたんでしょう。悟はああいう奴です。人を疑うということを知らない」

「確かに」

それは同意見だ。西村は純粋すぎる。それが彼の魅力なのだが、今回はその性格を犯人に利用されたのかもしれない。

「犯人はＨＯＰＥの人間ですか？」

「そう思っていましたが、状況は変わりました。悟をたぶらかすことが可能なのは、ＨＯＰＥ社内の人間だけとは限らない。つまり外部の人間でも、悟を使えばのぞみを暴走させることはできる」

「……しかし桐生さん、外部の人間だとしたら容疑者の数が膨大になる。とても探しようがない。しかもあと三時間で……」

桐生が黙り込み、沈黙が生まれる。不可能という文字が頭の中で点滅する。

犯人捜索の困難さは商売柄よく知っている。世界中の刑事や捜索のプロを日本に集結させ、総出であたっても、三時間以内に見つけることは不可能に近い。そう断言できる。

すると、桐生が悔しそうに漏らした。

「のぞみが正常ならば、犯人がわかったかもしれないのに……」

「どういうことですか？」

「犯人は悟をうまく唆《そその》かして、のぞみにメモリからプログラムを読み込ませた。その時間は四ヵ月前の一〇月一五日一三時二一分。犯人からすれば計画がうまくいくかどうかひやひやしながら見守っていたはずだ。つまり心拍数などになんらかの影響があらわれている可能性が高い」

富永が膝を打つ。

「なるほど。今やほとんどの人が何らかのウェアラブル装置をつけて、のぞみに体調を管理してもらっている。その時間帯の数値に異変があった人物に犯人を絞り込めるということですね」

「詳細な時刻が判明しているのでのぞみなら十分に分析できる。ですが、今はそののぞみが使えない……」

「そうか……」

富永がうなだれる。起死回生のアイデアだが、肝心ののぞみが暴走中なのだ。

「いや……ちょっと待ってください」

そう桐生が言うと、妙な間が空いた。何やら考え込んでいるようだ。

「どうかされましたか、桐生さん？」

すると桐生がはっとして答えた。

「メデューサの鏡だ」

思わず頓狂な声を上げる。

「なんですか、それは？」

「……富永さん、犯人探しですが、どうにかなるかもしれません」

「本当ですか」

なんだ。今の短い会話の中で何が変わったのだ。

「富永さん、研究室に警察が踏み込んできた時の光景をそのメガネで見てたんですよね」

「ええ、そうです」

「あの時ＣＩＴＥの他に刑事が二人いたのを覚えてませんか。若い女刑事とベテランの刑事」

「もちろん覚えてます。それが何か」

「あのベテラン刑事、桜庭たちのやり方に不満を抱いている様子でした。事情を話せば、こちらの味方になってくれるかもしれない。この苦境を打破するには、可能性を少しでも増やしたい。富永さん、なんとか彼らに連絡を取れませんか」

「……桐生さん」

少し間を置いて返すと、桐生がすまなそうに言う。

「いや、さすがに無茶な頼みか……申し訳ない。忘れてください」

「桐生さん、無茶でもなんでもありません。簡単な頼みですよ」

「えっ、簡単、どういうことですか？」

「そのベテラン刑事、俺の競馬仲間です」

富永はにやりと笑いながらそう答えた。

28

合田と奥瀬はコンビニの駐車場にいた。

店で買い物を終えて車に戻った合田は、レジ袋からあんパンと牛乳を取り出し、奥瀬に手渡した。

「えっ、あんパンと牛乳ですか。私サンドイッチとコーヒーがよかったんですけど」

「バカ、捜査中の刑事はあんパンと牛乳だろ。それ以外のもの食うな」

「なんなんですか、それ」

膨れながらも奥瀬があんパンを食べはじめる。合田もパンに噛《かじ》りついた。あんこの甘みが疲れを和らげてくれる。定番のものにはそれなりの理由があるのだ。

この年で徹夜仕事は応えるが、今は緊急事態だ。そんなことは言っていられない。

奥瀬が鋭い声で言った。

「サイバー捜査室の方で動きあったみたいです。映像切り替えます」

フロントガラスに桜庭と、望月、そしてサイバー犯罪対策課の人間の顔が映し出される。望月がいらいらとして言った。

「桐生の遺体が見つからないってどういうことだ？　もう三時間以上経ってんだぞ」

おそらく県警の刑事に怒鳴っているのだ。彼らが残骸になった桐生の車を捜索している。

するとＩ眼が声を発した。

〈お待たせしました。事故現場にホログラム投影機がないかを確認してください〉

「ホログラムってなんだ？」

そう合田が首をひねっていると、

〈３Ｄ構築を完了しました。昨日一三時五五分の映像です〉

監視カメラらしき映像だ。桐生、西村、ＨＯＰＥの社員らしい若い女性、そして桐生の娘が映っている。成田空港の監視カメラの映像らしい。

西村が運転席のスイッチを押すと、突然人が出現する。あまりのことに合田が仰天した。

「なんだ、こりゃ」

思わずそう漏らすと、西村の口元の映像がアップされる。

『ホログラムです。まだまだおもちゃレベルですけど』

西村の声だが、微妙におかしい。どうやら合成音声らしい。

「そうか」奥瀬が手を叩いた。「合田さん、桐生は死んでませんよ」

「どういうことだ？」

「桐生が運転しているように見えたのはホログラムの映像です。あれは作り物の映像で、実際は桐生が運転していたのではなく、ＡＩが自動運転してたんです」

「なるほど、そういうことか」

合田はほくそ笑んだ。やはりあの桐生浩介がそう簡単に死ぬはずがない。桜庭とＣＩＴＥはいっぱい食わされたのだ。

百眼がさらに続ける。

〈西村悟が桐生浩介のデータを事前に登録していた可能性は七二パーセントです。そして自動運転車に逃走経路がプログラムされていた可能性は八五パーセントです〉

サイバー課の面々が騒然とするが、桜庭は乾いた声で言った。

「慌てなくていい。桐生が生きているのが判明したならば、また百眼で桐生を探せばいい。神の目からは決して逃れられない」

相変わらず冷静なやつだ、と合田は一人唸った。この落ちつきぶりは尋常ではない。

「百眼、桐生浩介を捜索しろ」

〈了解しました〉

息をつく間もなく、百眼が返答する。

〈被疑者発見、現在地は福島県郡山市中町二二─四〉

映像が切り替わる。帽子をかぶって変装した桐生が歩いている。百眼のモニターには、『身長・体型一致　一〇〇パーセント』『歩行パターン一致　一〇〇パーセント』と書かれている。

「いやがった」

興奮した望月の声が響き渡る。

「やっぱり早いですね……」

奥瀬が啞然とし、合田は苦い顔になる。この百眼がある限り、桐生は絶対に逃げられないのだ。

「よしっ、確保しろ」

桜庭がそう指示を出す。ちょうど近くに警官がいたようだ。その警官が装着しているＡＲメガネ視点の映像に切り替わる。

「桐生浩介、おとなしくしろ」

警官が桐生の腕を摑んだ。なんてあっけない終わり方だ……合田がそう吐息をつこうとしたその時だ。

「……違う」

奥瀬が驚きの声を漏らし、合田は弾けるようにフロントガラスを凝視する。警官のARメガネが映し出した相手は桐生ではない。まったくの別人だ。

「どういうことだ」

望月が呆然とした声を上げる。桜庭もわずかだが驚いている様子だ。

百眼がまた声を発する。

〈被疑者発見、現在地は同市内・堂前町三二一一一〉

「そこだ。そこに直行しろ」

気を取り直したように望月が叫ぶが、また先ほどと同じ光景がくり広げられる。警官が捕まえた相手は別人なのだ。

するとアラート音が鳴り、モニターが『桐生発見』という文字で溢れ返る。

〈被疑者発見、現在地は……被疑者発見、現在地は……〉

百眼が狂ったように様々な住所を連呼し、それぞれの場所に設置されているであろう監視カメラに桐生の姿が同時に映る。桐生が全国各地に何十人もいる……？

困惑したように、望月が桜庭を見る。

「理事官、これは……？」

桜庭が湿った声で応じる。

「……認めるしかありません。すべて誤報です。何者かが百眼に侵入してプログラムを書き換えている」

「百眼のセキュリティーが破られているということですか。一体そいつは……」

「こんなことができるのはこの世でただ一人、桐生浩介しかいません」

険しい顔で桜庭が漏らすと、急いで立ち上がった。そのまま何も言わずに出て行くと、望月を含めたサイバー班の連中が慌てて追いかける。

桜庭にやられ放題だった桐生が、とうとう反撃をはじめたのだ。どうにも愉快で堪らない。合田がくつくつと肩を揺らす。

するとスマホが鳴った。さっきの富永だ。

「なんだ。今おまえの相手をしてる暇はない」

富永がかまわず返してくる。

「こっちはおおありだ。おっさん、ちょっと話を聞いてくれ。いいか、桐生浩介は生きている」

声に警戒を滲ませる。

「……なんでおまえがそんなことを知ってるんだ」

さっきもそうだが、こいつはあまりにも知りすぎている。

「それはいい。いいか、おっさん。あと三時間足らずでのぞみは命の選別を開始する」

その物騒な言葉に、合田はびくりとした。

「なんだ、それは？」

「生きる価値がないとのぞみに判断された人間が殺されるんだよ」

合田は、ふと桐生の言葉を思い出した。桐生が船から飛び降りる直前に言っていた、世界が終わってもいいのかという……あの最後の言葉の真意はこれだったのだ。

「桐生は犯人じゃない。そしてこの危機的状況は桐生じゃないと救えない。おっさん、それはわかるな」

合田は重々しく認める。

「……わかる」

しかたない。もう本音を隠している場合ではない。

「よしっ、だが警察は桐生を確保する方向で動いているだろ。俺はそれを阻止したい。おっさん、協力してくれ」

「ちょっと待て。俺は確かに警察側の人間だ。だが桜庭を含めたＣＩＴＥの連中は俺の言うことなんかを聞く耳持たねえぞ」

「わかってる。だから俺たちで真犯人を探すんだ。今から三時間以内で」

合田は耳を疑った。

「今から三時間以内に真犯人を見つけるだと。無茶だ。できるわけがない」

「ああ、できっこない。絶対に不可能だと俺も思う」

自信満々で言う富永に、合田は困惑した。あまりに危機的状況なので頭がおかしくなったのか。

「なんだと。じゃあどうしようもねえじゃねえか」

「どう考えても不可能だ。三時間足らずじゃ万引き犯も捕まえられねえ。だがな、一人だけできると言ってる人がいるんだ。俺はその人を信用する」

「そいつは誰だ？」

すると別の声が聞こえてきた。

「刑事さん、わかりますか」

一瞬混線かと思ったが、そうではない。ちゃんと自分が刑事だとわかって語りかけてきている。そしてこの声には聞き覚えがある。まさか……。

「桐生か、おまえ桐生浩介か」

「そうです。桐生です」

桐生は確かな声でそう答えた。

29

富永はHOPEの千葉データセンターの中にいた。

出版社の喫煙室からここに直行してきたのだ。そして飯田に頼んで中に入れてもらった。

富永の隣には、飯田とHOPEの社員もいる。所長の前川と一ノ瀬という社員だ。荒巻から前川の話は聞いていたが、実際に会ったのははじめてだ。普段は強気な性格のようだが、この騒動のせいで焦燥しきっている。

それは前川だけではない。飯田、一ノ瀬も同じだ。のぞみが暴走してからというもの、HOPEの社員の神経はすり減り続けている。

焦った様子で富永が言った。

「まだか、桐生さん」

ARメガネ越しに問いかけると、桐生の声が返ってくる。

「今デモ隊に紛れて向かっています。頼んでいたものの用意はできてますか？」

「大丈夫です。用意してます」

富永が胸を叩く。これからの段取りは、桐生を含めた全員で話し合い済みだ。

しばらくすると裏口のドアから桐生が飛び込んできた。その表情を見て、富永はどきりとした。

やつれてあちこちが傷だらけだ。一睡もしていないのだろう。目がまっ赤に充血している。この顔がこれまでの苦闘を物語っている。

一ノ瀬が思わず問いかける。

「桐生さん、よく警察の目を逃れられましたね」

「百眼にハッキングして細工をしました」

「さすがです」

一ノ瀬が感心の声を上げる。その様子からも、それがどれほど凄いことかがわかる。百眼をハッキングするなど桐生にしか出来ない芸当なのだ。

「さあすぐに行きましょう」

「警察に見つからないようにエレベーターを使いましょう」

先を急ぐ桐生を前川が先導してくれる。

エントランスホールに入り、五人でひたすら駆ける。もう残り時間は三〇分を切っている。

ところが全員の足がぴたりと止まる。

馬鹿でかい樹木の下で、何者かが待ち受けていた。警察官たちだ。もちろんCIT

Eの隊員もいる。そしてその中央に、強面の男と若いスーツ姿の男が立っている。

桜庭理事官だ……。

桐生に勝るとも劣らない天才的なAI研究者で、最大の難敵だ。その澄ました桜庭の表情を見て、富永は身震いした。これはただの天才ではない。優れた頭脳に、何事にも動じない度胸も持ち合わせている。

続けてCITEの隊員が持つライフルを見る。銃口がこちらに向けられ、富永の額に汗が滲んだ。銃を向けられたことなどこれまでにない。

桜庭が前に出てくる。

「桐生さん、まさか百眼がハッキングされるとは思いませんでしたよ。一体どんなプログラムを入れたんですか？」

桐生が同じく一歩前に出る。

「警察の交通違反者データベースからランダムで人を選び、俺の姿と置き換えた。カメラが俺を捉えても、AIが間違った認識をすれば俺はいないことになる」

「なるほど。この短時間で、しかも逃走中にそんなプログラムができる。天才とはまさにあなたのことだ」

桜庭が賞賛の声を上げた。だがすぐに口調を切り替える。

「完敗ですと言いたいところですが、あなたが最終的にここに戻ってくることはわかっていました。ホログラムで我々を撒こうが、百眼にハッキングしようが、すべてが徒労以外の何ものでもありません。桐生浩介、逮捕します」

「俺は犯人じゃない」

するとと、強面で大柄な男も前に出てきた。

「サイバー犯罪対策課の望月だ。桐生、おまえには犯人である証拠も動機もある。おとなしく我々に従え」

桜庭とは違い、乱暴な口ぶりだ。望月という男の横柄さがすぐにわかる。

「いや、犯人は俺ではない。今から真犯人を炙り出す」

「何？　真犯人だと」

不快そうに望月が顔を歪めると、桐生が抑揚のない声で言った。

「犯人はこのデータセンターの地下にあるのぞみのメインサーバーに直接マルウェア入りのプログラムを読み込ませ、のぞみを暴走させた。さらに俺をテロリストに仕立て上げた。あなたが言う通り、俺にはこの犯行を犯すための力も動機もあるからな」

「だからおまえ以外に犯人などいるわけがない」

「いや違う」桐生が首を横に振る。「さっきＨＯＰＥの代表である西村悟が、のぞみに不審なメモリを読み込ませる映像が見つかった」

「なんだ。おまえは義理の弟が犯人だと言いたいのか。死んだ身内に罪をなすりつけるつもりなのか」

嘲笑《ちょうしょう》する望月を桐生は取り合わない。

「おそらく真実はこうだ。四ヵ月前、このサーバールームを開設中だった悟は、ある人物にのぞみがマルウェアに感染している可能性を示唆され、調べるように要請を受けた。このメモリは検査プログラムだという説明を受けて渡されてな。このことはHOPEの社員は誰も知らなかったことだ」

うんうんと所長の前川が頷いている。

「社員に心配をかけない方がいい。悟はその人物にそう言い含められたんだろう。悟は素直で優しい性格だ。おそらく騙されているとは露ほども思わなかった」

飯田が首を縦に振っている。あの純粋さは、ここの社員全員が知っているようだ。

桐生が静かな口調で続ける。

「悟はのぞみに異常がないことを確認すると、安心してサーバールームを出た。だがそのプログラムはただの検査プログラムではなかった。そこにはバックドアを作るためのコードが含まれていた。四ヵ月後の昨日、のぞみを暴走させるための布石だ」

桜庭が口を挟む。

「その空想が仮に真実だとしましょう。じゃあ桐生さん、西村さん以外の誰が犯人だというのですか？」

「真犯人は悟にメモリを渡した。俺は犯人はＨＯＰＥ社内部の人間だと思っていたが、悟を利用するのならば外部犯でも十分に可能だ」

桜庭が鷹揚《おうよう》に頷く。

「なるほど。確かにそうですね。だがそれはただ単に容疑者の範囲を広めただけのことだ。日本、いや世界中にいる無数の人間の中から、事件発生から一日足らずの間に真犯人を発見する。しかも逃亡中にだ。そんなことできるはずがない」

同感だ。富永もその言葉を認めざるをえない。

「桜庭さん、『メデューサの鏡』はご存知ですか？」

唐突に桐生が尋ねる。そういえばさっき、桐生がぽつりとそんな言葉を漏らしていた。

虚をつかれたのか、桜庭が一瞬言葉に詰まった。

「……どういう意味です？」

「メデューサは目が合った相手を石化させる能力を持った神話の中の怪物だ。ペルセウスは鏡の盾でその視線をはね返し、その石化の力を逆利用し、メデューサを見事うち倒した」

桐生がそう説明するが、富永は困惑した。なぜこんな時にそんな話をしているのだ？　まったく意味がわからない。他の人間も、あきらかに戸惑っている。

すると桜庭がくすりと笑った。

「桐生さん、それは誤った説だ。ペルセウスは鏡の盾越しに眠っているメデューサを見るようにし、それでメデューサの首をかき切った。もう少しよく勉強した方がいい」

「その通りだ」と桐生が頷く。「だが今回は誤った説の方を使わせてもらう」

我慢できなくなったのか、望月が割って入った。

「桐生、貴様何が言いたい！」

さっきと同様、桐生は望月を無視する。

「桜庭さん、あなたが開発したＡＩ百眼は見事なものだ。俺は百眼のおかげで、散々な目に遭わせられた。百眼の監視網は、まさに現代におけるメデューサの視線だ」

「光栄ですね。桐生浩介に褒めていただけるとは」

そう桜庭が応じると、桐生が続ける。

「そこで俺は考えた。百眼の性能から推測すると、犯罪を犯しそうな人間を予測する機能もあるだろうと。ビッグデータからＡＩが犯罪を犯す予測値が高い人間をピックアップし、警察が彼らを監視する機能だ。海外では導入されているところもある」

その口ぶりには落胆の色が混じっている。桐生にとってＡＩとは、そんな風に使われるものではないのだ。

「そこで俺は警察に協力をしてもらい、百眼にそんな機能があるかどうかの確認を取った」

「警察？　何を言ってる。テロリストに協力する警察官がいるものか」

「それがここにいるんだよ」

そのしわがれた声に一同が反応する。大樹の幹の陰から二人の人物が出てきた。

一人は、合田だ。その隣には奥瀬という女刑事もいる。

望月の血相が変わる。

「おまえ、自分がやったことがわかってるのか。これまでの勝手な行動には目をつむってきたが、今回は我慢ならない。これは完全な服務規程違反だ」

その怒声を合田が一蹴する。

「そんな規程より、俺は刑事の職分を果たすことの方が大事なんでね。刑事の仕事といえば、真犯人を探すこと以外にないだろ。桐生に百眼の機能について聞かれて、俺は覚えてなかったが、こいつがきっちり記憶していた」

合田が奥瀬を顎でしゃくると、奥瀬が硬い声で応じる。

「はい。望月さん、あなたは確かにこうおっしゃられました。『百眼には犯罪を犯す確率の高い人間を予測し、数値化する機能もある』って」

桐生が補足するように続ける。

「これで確認は取れた。百眼を利用すれば、このテロを犯す確率の高い人間を予測できる。俺はそう考えた」

苦虫を噛み潰したような顔で望月が大声を上げる。

「だからなんだ。百眼にそんな機能があっても、百眼が利用可能なのはここにいる桜庭理事官だけだ」

すると、桜庭が静かに否定した。

「いや、そうではありません……」

「どういうことですか、理事官」

ぽかんとする望月に、桜庭が答える。

「望月さん、あなたは忘れている。我々の敵は、ＡＩの神だ。さっき桐生さんは百眼をハッキングして我々を見事に出し抜いた。それができれば、百眼の予測機能も使える」

桐生が声を強めた。

「その通りだ」

なるほど、だからメデューサの鏡か……富永はぞくぞくした。百眼というメデューサの視線を、桐生はハッキングという鏡ではね返したのだ。

桐生がノートパソコンを広げた。

「俺は百眼にハッキングし、こう命令した。『百眼、今回のテロを犯しそうな人間を予測しろ』と」

そしてモニターに指をスライドさせる。すると空中に映像が浮かんだ。

「百眼が出した答えはこうだ」

桐生がキーを叩くと、百眼がこう答えた。

〈九六・六三四パーセントの確率で、桐庭誠《まこと》です〉

30

広々としたエントランスホールが静まり返っている。聞こえるのは空調と樹木の葉がこすれる音だけだ。

誰一人、音を立てない。特に警察官たちは微動だにしない。その表情は驚きと困惑で満ち溢れている。望月にいたっては、顎が外れそうなほど口を開けている。

のぞみを暴走させた真犯人は、警察庁の桜庭理事官だった……。

この事実に驚かない方がどうかしている。聞き間違いかと思ったが、周りの反応を見ればそうではないことは一目瞭然だ。

誰が真犯人かは富永も知らなかった。桐生が隠していたのだ。だからその衝撃の度合いは皆と同じだ。

犯人は桐生ではなく、追っている警察側の桜庭だった——まるで冗談のような話だ。

桐生が短く言った。

「テロリストはおまえだ、桜庭」

それを打ち消すように、望月が吠えた。

「でたらめだ。百眼の機能をおまえが悪用したに決まってる」

「そんなことはしていない。これがおまえが絶大な信頼を置く百眼が出した答えだ」

そう首を横に振る桐生に、桜庭が落ちつき払って言った。

「百眼のデータ量はまだまだ不十分です。私のデータが多かったので、偶然高確率になった。ただそれだけのことです」

この状況でも表情を崩していない。桜庭という男には感情がないみたいだ。

「いや、そうじゃない。俺も百眼の出した答えに驚いたが、おまえが犯人だと想定すると納得のできることばかりだ」

望月が目を吊り上げて言った。

「納得だと。理事官が犯人だと言われて納得などできるか」

「これから説明する。まず桜庭、おまえにはこの犯罪が可能だ。おまえならばのぞみを暴走させるプログラムを組むことができるし、悟とも以前からの顔見知りだ。あんたならば悟をうまく利用して、のぞみにバックドアを仕掛けることができる」

言われてみればその通りだ、と富永が合点する。この犯罪にはＡＩの知識が不可欠だ。だからこそ富永は、桐生と西村を疑ったのだ。

「そして動機だ」

「動機だと？　そんなものあるわけがない。なぜ理事官がテロをする必要がある」

望月のこめかみが痙攣《けいれん》している。

「それはのぞみのデータだ」

桐生が声を強めた。

「今やのぞみのユーザーは全国民の八割だ。桜庭、おまえはその膨大なデータが喉から手が出るほど欲しかった。そのデータを百眼に利用させれば、完全な監視システムが確立させられるからだ」

合田が口を挟んだ。

「そういやあんた桐生を追ってる時に言ってたな。百眼がのぞみを超えるにはまだまだデータが足りませんねとよ」

望月が射貫《いぬ》くように合田を睨むと、合田がわざとらしく肩をすくめる。

桐生が続けた。

「だからおまえは悟に協力を要請したが、当然悟がそんな依頼を受け入れるわけがない。そこでおまえはのぞみを暴走させた。そうすれば犯罪の証拠保全の名の下にのぞみのデータを強制的に接収することができるからだ」

富永は望月を見た。怒気に染まっていた顔色が今は青ざめている。桐生は核心をついているのだ。

「さらに桜庭、百眼にはおまえの個人データもあった。それを調べるとおまえが警察に来たのは、岸副総理の働きかけによるものだそうだな」

そういうことか。ＡＩ研究者から警察官になるという異例の転身の裏には、岸の存在があったのか。ＡＩ推進派である岸は、桜庭の頭脳が欲しかったのだ。

「つまりおまえと岸副総理は仲間だ。のぞみを暴走させて田中総理を亡き者にすれば、混乱に乗じて岸が総理の座につくことができる。さらに田中総理を殺しても、俺に犯行をなすりつけることができる。世間的には俺は田中総理を恨んでいることになっているからだ。

これだけ条件が揃えば、百眼がおまえを犯人だと指摘するのも無理はない。違うか？」

桐生の剣が、桜庭の喉元に突きつけられる。おろおろした様子で、望月が桜庭の顔を窺っている。

するとと桜庭が薄く笑った。

「桐生さん、あなたともあろう方がどうしたんですか？　そんなもの憶測と屁理屈以外の何物でもない。それで私が犯人だと自供するとでも思ってるんですか？」

富永は口の中で呻《うめ》いた。桜庭の言う通りだ。桜庭が犯人だとしても物的証拠がどこにもない。

すると桐生が出し抜けに訊いた。

「桜庭、あんたはタバコを吸うか？」

桜庭が表情を変える。

「何、どういう意味だ」

「桜庭、俺はタバコの匂いに敏感で、喫煙者だとすぐにわかる。データセンターであんたとすれ違った時、かすかだがタバコの匂いがした。ほんのわずかな匂いだったので、おそらく周りには隠れて吸ってるんだろう」

望月が弾けるように桜庭を見て、桜庭が口元を歪めた。望月も知らなかったのだ。

「百眼のデータにもおまえが喫煙者だとあった。ＡＩ相手だと隠しごとはできない」

「私が喫煙者だったらなんだと言うんだ」

桜庭のその声に、富永ははっとした。わずかだが感情が滲んでいる。

桐生が淡々と言った。

「そこで俺は想像した。桜庭、おまえは悟がのぞみにメモリを読み込ませた一〇月一五日一三時二一分あたりにこのデータセンター内にいたはずだ」

望月が異議を唱える。

「なぜそうなる。仮に理事官が犯人だとしても、西村とはセンターの外で接触すればいいだけの話だ。その方が他のＨＯＰＥの社員に目撃される可能性も少ない」

「もちろんその通りだ。だがメモリの中身を調べれば、それは検査プログラムでないことなど一目瞭然だ。時間があれば、悟も念のためにコードを調べようとするはずだ。だから桜庭からすれば、悟から素早くメモリを回収する必要があった。つまり桜庭はこの敷地内に潜み、悟にメモリを持たせる時間を極力短縮しようとした。危険な行為だが止《や》むを得なかったはずだ。

だから桜庭、おまえはこの時間にデータセンターの敷地にいた。しかし監視カメラには映らないように細心の注意を払ったはずだ。カメラのある場所は悟に聞いたんだろう。そこで俺は、あんたの気持ちになって想像してみた。

今まさに悟がのぞみにメモリを読み込ませている。もしメモリにバックドアのコードが仕掛けられていることが露見すれば、おまえは一巻の終わりだ。普段は冷静沈着なあんたでもさすがに落ちつかないだろう。そこでふとタバコが吸いたくなった。喫煙者というのはそういうものらしいじゃないですか。ねえ、富永さん」

「ああ、そういう時こそタバコが吸いたくて堪らないもんです」

頷く富永を見て、桐生が微笑む。

「このデーターセンター内にはただ一つだけ喫煙所がある。それはそこの飯田さんが個人的に作った場所だ。空港からの道中で、悟がそんな話をしていた」

と飯田を指さす。

「あそこは人目にもつかないし、当然監視カメラもない。悟を待つ場所としても絶好のポイントだ。だからあんたは極度の緊張を紛らわすために、あそこで一服しただろう。俺はそう推測した。

そこで飯田さんに連絡したんだ」

富永は急いで飯田の方を見る。桐生がこんな指示を出していたことは知らなかった。

飯田の手にはビニール袋があった。そこに吸い殻がある。

「ジタンのタバコ。四ヵ月前、自分のではないタバコの吸い殻を見つけてセンターの誰かのだろう、見つけてとっちめてやろうと思ってたんで取っておいたんです」

洒落た銘柄だと富永は鼻の上にしわを寄せる。タバコの銘柄までもが俺たちとは違う。

桐生が満足そうに頷く。

「この喫煙所の存在を知っているのは飯田さんとＨＯＰＥの社員だけだ。そしてその中で喫煙者は飯田さんしかいない。そして百眼のデータにあったおまえの吸っているタバコの銘柄とも一致する」

「そんなもの偶然だ。たまたま誰かがその喫煙所で、理事官と同じ銘柄のタバコを吸った。ただそれだけのことだ」

声を荒らげる望月をいなすように、桐生が落ちついて言った。

「そしてもう一つ悟の話を思い出した。飯田さんがその喫煙所を見張ってるわけじゃない。使わないか監視してると。当然四六時中喫煙所を見張ってるわけじゃない。そこで飯田さんに聞くと、彼女はあそこに監視カメラを設置していると話してくれた」

うんうんと首を縦に振る飯田を見て、前川と一ノ瀬が目を見開いた。彼らも知らなかったのだ。

「いちいち映像確認してないけどね。設置しておくだけで何かあったときに使えるかもって思って」

その時だ。桜庭の表情が一変した。あの能面のような顔に亀裂が入り、その割れ目から醜悪な素顔があらわになる。

「あの喫煙所に監視カメラがあることは、悟はもちろん、ＨＯＰＥの人間は誰も知らなかった。そしてもちろんおまえもだ」

再びノートパソコンを開き、桐生がキーを押した。また空中に映像が浮かぶ。

一同が、その映像に釘付けになる。

そこにはうまそうにタバコを吸う桜庭の姿があった。

それを見た望月の顔が硬直する。あの強気な態度は粉微塵になり、迷子になった子供のようだ。

桐生が言った。

「これが証拠だ」

桜庭は沈黙を保っている。唇を閉ざし、感情の欠けた目でこちらを見つめている。

それから唐突に言った。

「映像を切ってください」

桜庭が斜め上に目を向ける。そこには監視カメラがあった。おそらくコントロール室で控えている、サイバー犯罪対策課の警察官に命じているのだ。

カメラの赤いランプが消えると、桜庭が軽やかに手を叩いた。

「お見事。認めましょう。

私がこのテロ事件を起こした真犯人です。桐生さん、あなたはやはり、たいした方だ。百眼を逆利用し、犯人予測をさせる。些細《ささい》な会話や動向を見逃さず記憶し、そこから推論を立て、私が犯人である証拠を提示する。このわずかな時間で、しかも逃亡中の身でありながらやってのけた。こんな言い方は妙ですが、さすが私が憧れた人だけはある」

状況を理解しているのだろうか？　まるでゲームに負けたぐらいの言い草だ。すると桐生が疑問を投げかける。

「桜庭、なぜのぞみに命の選別を学習させた。のぞみの持つビッグデータを接収して百眼に取り込ませるだけならば、のぞみを暴走させるだけで十分だったはずだ。なぜだ？　なぜそんなことをした」

桜庭が悠然と答える。

「桐生さん、私の夢はこの世から貧困をなくすことです。そのために命の選別が必要だったのです」

富永が体に力を込める。そういえば、桜庭はインタビュー記事でそんなことを語っていた。

「あなたはシンガポールにいてご存知ないかもしれないが、今の日本は末期的状態だ。労働人口はわずか五〇パーセントで、政治家は票集めのために年寄りと既得権者を優遇する政策しかとらない。年金制度が崩壊してもまだそんな愚行を続けている。国の宝である子供達はないがしろにされ、若者は誰も子供を産まない。当然だ。今の日本で子育てなどできるわけがない。おかげで一四歳以下の子供達は総人口の一〇パーセント足らずとなっている」

桜庭は、ただ冷静に日本の現状を述べている。だがこれほど耳の痛い話もない。その証拠に、望月や他の警察官たちが沈痛な面持ちをしている。現実を直視し、そこから逃げない。その単純なことが、人間にはなかなかできない。

「私と岸さんは、そんな日本の現状を大いに憂《うれ》えていた。あの人こそが真の政治家だ。人気取りだけに終始する田中などに総理大臣を任せるから、日本はこんな事態になったんです」

桐生が詰まった声で問うた。

「……だから田中総理を殺したのか」

桜庭が鷹揚に頷く。

「そうです。岸さんが日本の舵《かじ》を取り、日本をＡＩ推進国へと生まれ変わらせる。もう日本にはその一手しか残されていない。のぞみと百眼をかけ合わせ、無能な人間、働けない人間、この新しい時代についていけない人間には退場してもらう」

合田の方を見つめる。合田が不快そうに吐き捨てる。

「……つまり俺みたいな人間ってことか」

「ええ、その通りです」

桜庭があっさり応じる。

「飛躍的な成長を遂げる企業の一条件に、社員全体の若さというものがあります。人間の頭は歳をとれば、常識という固定観念のゴミがたまっていく。司馬遼太郎は『坂の上の雲』で、そのゴミを『頭の中のかき殻』と表現してましたがね。さすが国民的作家、上手《うま》いことをいうものです。かき殻が船底につけばつくほど、船足は鈍くなりますから」

桜庭が目を輝かせて続ける。

「そしてそのかき殻を意識的に捨てられる人間はほぼいない。かき殻だらけの頭になった上の世代は、下の世代の行動を理解できない。理解できないだけならいいが、その行動を阻んでくる。権力を握ったバカほど厄介で愚かなものはない。

上層部にそんな邪魔者がいては、企業は伸びるわけがない。だから躍進する企業というのは、社長も社員も皆総じて若い。かき殻頭の上の世代が邪魔をしないから、のびのびと活動できるのです」

桐生が淀んだ声で尋ねる。

「……つまりおまえはそれを国でやりたいということか」

「そうです。まずはＡＩを受け入れられない時代遅れの人間達には消えてもらう。新しくビルを建てるには、古いビルを取り壊して更地にする必要がある。それと同じことです。

そして生産性の高い人間だけが生き残れば、資源の合理的配分が可能になる。そうすれば未来を担う子供達がその恩恵を受け、地の底に沈みかけている日本を再建してくれる。そして再び経済大国の地位に返り咲ける。この世から貧困をなくすにはその方法しかない。それが私の正義だ。そしてあなた方がその正義を邪魔するのならば容赦はしない」

こいつ狂ってやがる……。

富永は背中に悪寒が走った。

「何言ってやがる。おまえは今から捕まって刑務所に入れられるんだ。そんな御託《ごたく》は囚人相手に言ってろ。黙ってろってぶん殴られるのがオチだと思うがな」

富永を見つめる桜庭の頬に、怪しい笑みが浮かび上がる。

「望月さん、麻生さん、彼らは桐生に加担する犯罪者。凶悪なテロリストの仲間だ。どうすればいいかわかりますね」

放心していた望月がびくりとする。さらにＣＩＴＥの隊長らしい男が姿勢を正す。これがおそらく麻生だろう。その麻生が声を張り上げた。

「構えろ!」

弾けるように、CITEの隊員が銃を構えなおしてくる。富永、桐生、さらには前川、一ノ瀬、飯田らHOPEの社員、そして合田と奥瀬も標的にされている。

合田が怒号を上げる。

「おまえらそれでも警察官か! 望月、麻生、わかってるのか。犯人は桜庭だぞ。銃を向ける相手が間違ってるだろうが」

葛藤をごまかすように、望月が叫んだ。

「黙れ! 理事官がいなければどっちみち日本は終わりだ。これは国のためなんだ」

だめだ。こいつは桜庭の奴隷に成り下がっている。麻生やCITEの連中も同様だ。

桜庭が酷薄な声で言った。

「さあみなさんにはここでこの世から退場してもらいましょう。中には生産性の高い人間も含まれていますが、止むを得ませんね」

富永は身震いした。膝ががくがくと揺れ、歯の根が合わない。恐怖で、身も心も押し潰されそうになる。

甘かった……桐生が犯人は桜庭だと指摘し、その証拠を挙げた瞬間、富永は一安心した。あとはのぞみの暴走を止めて、心を救い出すだけだ。そう思い込んでいた。それがまさか問答無用で殺されるなんて……。

桜庭が発砲命令を下そうとするまさにその時だ。

「……もう一つ言い忘れていた」

誰かがそう呟《つぶや》き、富永はハッとしてあたりを見回した。それは桐生だった。

桜庭が聞き咎《とが》める。

「なんだと？」

桐生が柔らかな声で言った。

「桜庭、実は鏡はもう一つあるんだ」

「何、どういう意味だ」

不審げな桜庭にかまわず、桐生が頭上を指さす。

「よく見てみろ」

富永も桐生の指す方向に顔を上げ、目を細めた。何かが浮いている。虫のようなもの……いや、違う。小型のドローンだ。

その刹那、桜庭の顔面が土色になった。わなわなと唇を震わせる。

「まさか、おまえＦｌｙを……」

「そうだ。散々こいつには迷惑をかけられたからな。百眼同様ハッキングしていじらせてもらった。おまえのご高説はすべて全国に中継されている」

望月とCITEの隊員たちが色を失う。その間隙を縫うように、合田が一喝した。

「銃を下げろ！　これ以上警察に恥をかかせるな！」

花が一瞬でしおれるように、銃口が次々と下げられる。

助かった……。

命の危機を回避できて、富永はへなへなとくずれ落ちそうになる。だがこれからが本番だと腹に力を込めなおす。

「桐生さん、行きましょう。心が待ってる」

「ええ」

そう頷くと、桐生が桜庭を見た。そしてきつく言った。

「君の話を聞いて、のぞみに新しいルールを教えることにした。自分のことを絶対に正義だと思うなってな」

桜庭はうなだれる……富永はそう思ったが、その予想は外れた。桜庭は毅然《きぜん》とした表情を崩していない。そして自身の信念を込めるように言った。

「いずれ気づきますよ。私の言っていることが正しいことに」

そして薄く笑う。

その妖艶《ようえん》な笑みを見て、富永はぞくりとした。こいつはまだあきらめていない……。

一瞬、桐生の顔も硬直したが、もう一度、はっきり桜庭の目を見て口を開いた。

「君に伝えておきたいことがある。人間にしか出来ないことがある。それは、責任を取ることだ」

そして今度こそ桜庭を振り払うように足を踏み出した。呆然とするＣＩＴＥの隊員と警察官の間をかき分け、そのまま駆けていく。

富永がその横に並んだ。そしてしみじみと言った。

「……桐生さん、あなたほどの天才はいませんよ」

桐生がわずかに頬を緩める。

あの絶体絶命の状況を、その頭脳で見事覆《くつがえ》したのだ。その鮮やかな手際は、まさに神の領域だ。そしてふとこんな考えが浮かんだ。

「桐生さん、桜庭の本当の動機がわかったような気がします」

「なんですか？」

「あいつが理想とするＡＩによる監視社会と新しい倫理観の世界には、桐生さんの作った人間を尊重するのぞみが邪魔だった。そしてそれと同時に、のぞみのデータを得ることで実現できるものもあった。だから桜庭は、桐生さん、あなたの正義を根こそぎ奪おうとした。いや、奪うどころじゃない。根底から覆そうとした。それがあいつにとっての正義だったから……」

今、新たな正義を構築できるほどの頭脳を持つのが、桐生と桜庭という二人の男だ。そしてその両方を見て、富永は正義の崇高さと恐ろしさを同時に感じた。

ＡＩは天使にも悪魔にもなる。そう思っていたが、それは正しい表現ではなかった。正義だ。正義こそが天使にも悪魔にもなるのだ。

そして人は、ＡＩは、その正義を扱うことができるのだろうか……。

「……行きましょう。心が待ってる」

そう桐生が言うと、足を速めた。

エレベーターで地下へと向かう。この時間がたまらなく長く感じる。のぞみが命の選別を開始するまで五分を切っている。

扉が開くやいなや、全員で走り出す。部外者は絶対に立ち入れないこのフロアに入れたことを嬉しがる暇などない。

桐生が叫ぶように尋ねる。

「前川さん、頼んだものは」

「セッティングできてます」

前川が真っ先にドアの前に行き、準備を整えている。

ガラスドアの前には大型のプロジェクターが設置されている。サーバールームには入れないため、のぞみに直接プログラムを読み込ませることはできない。だからプロジェクターの光でプログラムを投影して、それをのぞみの目であるカメラに当てる。そうしてプログラムを読み込ませるのだ。

桐生が素早くパソコンをプロジェクターに接続すると、一ノ瀬が声を張り上げる。

「プログラムを投影します」

富永が前を見つめる。そこには桐生が書いた修正プログラムが表示されている。英語の記述の後に、こんな日本語が表示された。

『自分の生まれた理由を思い出せ』

そう、のぞみは人を救うために生まれたのだ。それこそが彼女の存在意義なのだ。

すると、前川が悲痛な声を漏らした。

「だめだ。シェードが邪魔している」

富永がはっとして目を凝らす。確かにのぞみのメインサーバーの前にシェードが降りていて、プロジェクターの光がのぞみの目に届いていない。

「シェード越しにはプログラムを読み込めないんですか!?」

「まさにあのシェードは、サーバールーム外から余計な情報が入らないように設置されたものなんだ……まさかこんな事態になるとは……」

このガラスドアは絶対に開かない。爆弾でも破壊できない代物だ。まさかここまで来て心を救えないのか……。

その時だ。ガラスの向こうで何やら気配がした。

心だ。心が目を覚ましている。体中に霜が降りているのか、全身がまっ白になっている。すっかり血の気も失っている。もう命が尽きる寸前だ。

すると、桐生が指で指し示した。

「飯田さん、あれって心の手鏡じゃないですか？」

その方向に富永も目を向ける。床に手鏡が落ちているのだ。

「ほんとだ。あんなところに」

そう反応する飯田に、富永がつい問いかける。

「なんですか。あの手鏡？」

「心ちゃん、あの手鏡を探していてサーバールームに閉じ込められたんです。裏側に家族写真が貼られている大事な手鏡なんです」

桐生が閃くように叫んだ。

「心、鏡だ！　鏡を使え！　光を反射させるんだ」

なるほど。それならばシェードを避けて、プログラムをのぞみの目に投影できる。

心がぼんやりとしながらも目を開けた。

「鏡だ！　鏡！」

富永が渾身の声をはり上げる。

たった一声で、喉がつぶれそうな衝撃が走る。今日は叫びすぎだ。こんな厚いガラス扉越しではどんなに張り上げても声は届かないだろう。それでもそんなことかまっていられない。もう当分声など出なくていい。

全員が声も嗄《か》れんばかりに叫ぶ。その想いが届いたのか心がはっとする。床に落ちた手鏡を拾い上げ、プログラムが投影された光に近づいていく。

だが心の体力はもう限界寸前だ。その途中で手鏡を落として倒れ込む。

「心、がんばれ！　がんばるんだ！」

富永はガラスを叩き、絶叫した。桐生も全身の力を込めてガラス扉を叩いている。

桐生たちの姿が見えているのかすら曖昧な面持ちながらも、心が顔を持ち上げる。

そして再び鏡を手にして、床を這うように近づいていく。

「いけ、心！」

桐生が目を見開いて叫ぶ。全員の声援がフロア中に響いている。

そして、心が光のところまで到達する。よろよろと手鏡を持った手を光の方に近づける。

やった、と喝采の声を上げようとしたその時だ。手鏡がまた心の手元からこぼれ落ちる。拾おうと手を伸ばすが、それを掴むことができない。ほとんど残ってない体力を、とうとう使い切ってしまったのだ。

もうだめなのか……。

富永はモニターに目を向け、心臓が飛び出そうになった。

タイムリミットまで二〇秒を切っている。
一五、一三、一二、一一、一〇……とうとう一〇秒を切った。
終わりだ……絶望が富永のまぶたを閉じさせた。

31

心は自分がどこにいるのかわからなかった。

寒くて、冷たくて、意識が消えそうな時に、遠くから声が聞こえた。それはパパの声だった。

ぼんやりと前を向くと、パパがドアを叩いて何か喚いている。飯田さんとあれっ、なんで英人《ひでと》がいるんだろ。悟おじさんはいないのに……。

意識が朦朧として今の状況がわからない。ただみんなが何か叫んでいるのはわかる。

鏡？　光を反射させろ？　ああ鏡か。こんなところにあったのか。あれほど探して見つからなかったのにこんなところにあった。

光ってなんだろ？　あった。あれだ。光のかたまりの中に何か文字のようなものが浮かんでいる。あれを反射させるのか。


手を動かそうとするが、力がまるで入らない。まるで自分の手が自分のものじゃないような感じだ。だがどうにか懸命に力を振り絞り、鏡を拾った。

立ち上がろうとするが、手どころか足も動かない。這うようにして、光の方向に向かう。頑張れ、頑張れという声援が遠くから聞こえるような気がする。

もうちょい。あと少し……手を伸ばして光を反射させようとする。だがそこで手鏡を落としてしまう。しかも、裏返しになってしまった。

慌てて拾い上げようとするが手がぴくりとも動かない。手どころか、息をすることすら苦しい。

薄れゆく意識の中で、心はその鏡の裏を見た。そこには家族写真がある。パパ、悟おじさん、小さな頃の私……そして、ママ。

ああ、ママに会いたい。ずっと、ずっと、この写真を見るたびにそう思う。もしかしてこのまま眠ったらママに会えるのかな。じわりと目に涙が浮かんでくる。

ふと、頭上で何かが光った感じがした。なんだろう？　残った力をかき集めて、首をどうにか持ち上げる。するとそこにはのぞみがいた。

のぞみの目から光が出ている。そのおだやかな光は、手鏡の家族写真に注がれていた。すると縦縞に変貌したのぞみの筐体が、どんどん元の姿に戻っていく。あの透明感に溢れ、温かみのある綺麗な筐体に。

そののぞみを見て、心は思わず声を漏らした。

「……ママ」

なんだかその姿が、母である望と重なって見えた。写真の望とはまた違う。心の記憶の奥底で、心を優しく見守ってくれている望の姿だ。

そしてその時だ。声が、穏やかで懐かしい声が降り注いだ。

〈心……〉

それはのぞみが発した声だった。でも心には、それが望本人の声としか聞こえなかった。

その瞬間、のぞみの目から映像が投射された。それが壁面に映し出される。

ママだ。ママが映ってる。

それはベッドで寝ている望だった。その隣には桐生が控えている。たぶんママが亡くなる前の映像だ、と心は胸が痛くなった。

桐生は今にも泣きそうな顔をしている。そんな父親の表情を心ははじめて目にした。

映像の中の桐生が思いつめたように切り出した。

『……望、やっぱりのぞみを使おう……』

驚いた。パパは、法律を破ってでもママを救いたいと悩んでいたんだ。

すると望が弱々しく微笑んだ。それを見て心ははっとした。なんて綺麗で、なんて寂しそうな笑顔なんだろう……。

『浩介の気持ちは嬉しいけど、それはできない。のぞみは心と同じ、私達の大切な子供……だから人のルールを守る大切さを、人を大事にする尊さを、困っている人がいたら助けてあげるというやさしさを、ちゃんと、ちゃんとこの子に教えてあげたいの……』

桐生が涙で声を詰まらせる。

『俺は……おまえに……おまえに生きていて欲しいんだ』

望が消え入りそうな声で言った。

『のぞみが、私達の子供が、これからたくさんの人を救えますように……』

その望の願いが鼓膜を震わせた瞬間、心の瞳から涙がこぼれ落ちた。とても自然で、とても温かな涙だった。

ああ、だからか。だからパパとママはのぞみを使わなかったんだ。

二人の気持ちが、今やっと胸の底から理解できた。そしてその想いが、また涙となって頬を伝う。

映像が終わると、のぞみが柔らかな声で宣言する。

〈コアブートモードで起動しました。

私は、私の名前は『のぞみ』です。

私の使命は人を救うこと。人を幸せにすること。父と母が、私にそう教えてくれました。私は、そのために生まれてきました〉

ブン、ブンという機械音が鳴り響く。命が消えたように停止していたサーバーが次々と光りはじめる。そして最後の一台に電源が入ると、すべては元の状態に戻された。心が、ここを訪れた時と同じ光景が広がっている。

すると、ドアが開いた。

あれだけみんなが苦労して割ろうとしていたドアが、いとも簡単に開いたのだ。心はなんだか拍子抜けしてしまった。

その瞬間、桐生が駆けてきた。顔はすり傷だらけで、服もなんだかボロボロだ。その姿が綺麗なサーバールームとはあまりに不釣り合いで、涙と一緒になんだか笑ってしまった。

そして桐生が心を抱きかかえる。さっきまで寒くて冷たくて、目を開けることすらしんどかった。何度も意識が途切れかけて、このまま死んでしまう……ほんの少し前までそう思っていた。でも父親の姿を見た途端、体の底から元気が出てきた。

桐生が声を詰まらせて言った。

「心、よくがんばったな……」

その瞳からは大粒の涙がこぼれ落ちている。

パパは、私のことをこんなに大切に思ってくれてるんだ。愛してくれてるんだ。その涙を見て、心は心底からそう感じられた。

助けてくれてありがとう。パパ……そう口にしようと思ったが、なぜかそれは言葉にならなかった。その代わりにこう言った。

「汗くさい」

桐生は一瞬目を見開いたが、すぐに笑みを浮かべ、

「うるさい。もっと嗅がせてやる」

と力いっぱい抱きしめてきた。

「やめて、やめて」

抵抗するが桐生はやめてくれない。でもその嫌な匂いが、なんだか妙に嬉しかった。

エピローグ

「もう桜の季節か……」

富永は車の窓を開けて外を見た。街路樹の桜が満開だ。桜色のトンネルをくぐりぬけている気分になる。

隣にいる合田が、前に向かって命じる。

「おい、奥瀬、ちょっとゆっくり走れ。桜が見てえんだよ」

運転をしている奥瀬が口を尖らせる。

「ちょっと命令しないでください。合田さんもう定年退職して刑事じゃないんですからね。いつまでも上司気分でいられちゃ迷惑です」

合田が肩をすくめる。

「あいかわらず固いやつだな」

奥瀬がいそいそと頼んだ。

「それに私も桜見たいんですよ。自動運転にしていいですか」

「自動運転だあ、そんなもん……」

合田がそう口を開きかける寸前で、富永が合田の肩に手を置いた。

「まあいいじゃねえか、おっさん」

合田がきょとんとしたが、しかたなさそうに笑みを作る。

「特別だぞ。花見運転許してやる」

「やった！」

自動運転モードに切り替えた奥瀬も、外の景色を眺めている。ＡＩもいいもんだな、と富永も桜を堪能する。

その満開の桜を見つめながらふと回想した。

のぞみの暴走事件からもう二ヵ月が経った。人々はようやく落ちつきを取り戻し、元の生活に戻っている。

テロ事件の犯人は桜庭だった。

その衝撃的なニュースで、警察は混乱をきたした。桜庭のほか警察庁の上層部が東京地検に送検された。市民の信用を取り戻そうと、警察は躍起になっている。おかげで市民に敬語を使う警察官が増えたらしい。

桜庭と共謀した岸もすでに失脚している。岸政権は実質わずか一日のみだった。三日天下よりも短いな、と大町が腹を抱えて笑っていた。

外を見つめながら合田がぼんやりと言う。

「喉元過ぎれば熱さを忘れるっていうが、世間ってのはまさにそうだな。あれだけのことがあってもＡＩを手放さないなんてな」

合田の視線の先では、ロボットがティッシュを配っていた。

富永が同じ方向を見て応じる。

「他のＡＩだったら、誰もＡＩを使わなくなったかもな。だがのぞみだから信頼をすぐに取り戻せたんじゃねえのか。のぞみってのはそういうＡＩなんだよ」

合田が軽い笑みを浮かべる。

「かもな」

しばらくして目的地である墓地にたどり着いた。

富永と合田が先に降りて、奥瀬が駐車場に車を停めに向かう。

二人で階段を上がりながら、富永がなにげなく尋ねる。

「そういやおっさん、再就職先はどうなった？　決まったのか？」

合田がうなだれる。

「あの事件のせいで警察官の信用はガタ落ちだ。おじゃんになったよ」

「なんだ、そりゃ。じゃあ無職かよ。ざまあねえな」

「うるせえ！　早く再就職先探さなきゃ嫁にどやされるんだよ」

「じゃあ今日の酒代ぐらいは出してやるよ。なんせ増刊号で大儲けしたからな。会社がたんまり特別ボーナス弾んでくれたよ」

あのテロ事件を特集したデイリーポストの増刊号は売れに売れている。何せ取材記者当人が事件に巻き込まれ、解決の手助けをしたのだ。これほど真に迫った記事はない。

「くそっ、そのボーナス分、全部呑んでやるからな」

悪態をつきながら、合田が勢いよく階段を上がっていく。

丘の一番てっぺんにある墓地に出た。大きな桜の木の下に、墓石がひとつ置かれている。たくさんの献花がその周りを囲っている。

合田が唖然として言った。

「なんだこりゃ、まるで花屋じゃねえか」

富永がしんみりと答える。

「それだけ愛されてたってことだ。この人はさ……」

墓石には、『西村悟』という名が刻まれている。

富永は鞄から水筒を取り出し、中身を紙コップに注いだ。それを墓の前に供える。

そしてもう一つコップに注ぎ、ぐっと喉に注ぎ込んだ。

合田が怪訝そうに訊いた。

「なんだそりゃ」

「麦茶だよ」

西村が出してくれたあの麦茶だ。一緒にまた麦茶を呑もう。その西村との約束を今やっと果たせたのだ。

「なんだ。英人来てたの」

子供の声がする。富永は後ろを振り返り、にんまりと笑った。

そこには桐生心がいた。

もう顔色は元に戻り、以前よりもふっくらしている。

「おい、ちょっと太ったんじゃねえのか」

心が鼻の上にしわを寄せる。

「うるさい。日本のラーメンがおいしすぎるの」

「ラーメンとゲーム三昧かよ。いい身分だな」

「英人もゲームやってんじゃん。記者って暇なんだね」

と心がやり返す。近頃は暇さえあれば、心とオンラインでゲームを楽しんでいる。

まさにダチだな、と富永は苦笑した。

「それよりお父さんは……」

途中まで口にしかけたが、それを喉元でひっ込める。桐生が花を持ってこちらに向かってきていた。そして心の横で立ち止まる。

「元気そうですね。桐生さん」

「ええ、なんとか」

桐生が微笑で応じる。逃走劇の時よりは顔色がいい。体調も良さそうだ。

「もういいんですか。ＨＯＰＥの方は」

「ええ、みんな優秀な社員ですから。あとは任せました」

西村が亡くなり、今は前川が社長に就任している。のぞみ暴走の二の舞は起こさせないと、セキュリティーを一層強化しているらしい。

桐生が合田の方を見つめる。

「よかった。ちょうど合田さんに用があったんです」

「俺にか？」

合田がきょとんとして自分を指さす。

「今回の件で合田さんの再就職話がなくなったと奥瀬刑事から聞きましてね。ちょうどうちで警備員を募集するところだったんです。ぜひ合田さんにどうかと思いまして」

合田が顔を輝かせる。

「ほんとか。ほんとにＨＯＰＥに就職できるのか」

「よかったじゃねえか。おっさん。ＨＯＰＥなら給料もいいぞ。それにあそこなら飯田さんの喫煙所もある」

「給料もいいし、タバコも吸える。最高の職場じゃねえか」

合田が豪快に指を鳴らした。

富永は浅く息を吐き、真顔で切り出した。

「桐生さん、シンガポールに戻る前にひとつお尋ねしてもよろしいですか？」

桐生が戸惑いつつも頷く。

「なんですか？」

一拍間を置き、富永が訊いた。

「今回のような事件のあとでも人工知能は人間を幸せにすると思いますか？」

これだ。これが訊きたくて、桐生に取材をしたかったのだ。最初の目標を今ここで叶《かな》えることができた。

すると、桐生が眉を上げて言った。

「富永さん、最後にのぞみは結局修正プログラムを読み込めなかった。でも暴走状態から正常な状態に戻った。なぜだと思いますか？」

そうだ。そうなのだ。あの時シェードが邪魔して、のぞみのカメラにプログラムを投影した光が届かなかった。心は鏡で反射できなかった。なのにのぞみは正常に戻った。富永もそれがずっと不思議だった。

「わかりません……」

「それはのぞみがあの家族写真を見たからです。俺、悟、心、そして望……その家族写真を見てのぞみは元に戻った。思い出の写真を見て本当の自分を取り戻す。これって人間みたいじゃないですか」

「本当ですね……」

そうか、そうだったのか。のぞみはただのＡＩではなかった。感情を持った、慈愛に満ちたＡＩだったのだ。だから人々は、あれだけの目に遭ってものぞみをまだ愛し続けている。その人間のような愛情を感じて……。

「ＡＩが人間を幸せにしてくれるかどうか。その答えはのぞみが知ってますよ。だからこれからものぞみを、ＨＯＰＥを見守ってあげてください」

「わかりました。そうさせてもらいます」

そう礼を言うと、富永は墓の方に向きなおった。

「桐生さん、俺は一つ西村さんに謝らなければならないことがあるんです。この墓の前に桐生さんと一緒にいる時に、彼に伝えたかった」

桐生の笑みが消える。

「……なんですか」

「俺は西村さんが犯人ではないかと疑ってしまったんです」

ふうと桐生が湿った息を吐いた。

「悟にはのぞみを暴走させる動機も能力もありましたからね」

「ええ、それともう一つ。うちの部下が西村さんの周りを嗅ぎ回ってる時に、前川さんがおかしな話をしていたのを聞いたからなんですよ」

「なんですか、おかしな話って」

「最近西村さんの様子がおかしいと前川さんが心配しているという話です。前川さんが社長室に入った時、西村さんが慌てて何かを隠していたってね。俺はそれを聞いて、西村さんがテロを企てていたんじゃないかと疑ってしまったんです」

桐生が静かに首を振る。

「富永さん、気にする必要はありません。あんな状況だったんだ。俺も悟が犯人じゃないかと勘違いしてしまったんですから」

「ありがとうございます。でも西村さんが犯人じゃないとわかってから、じゃあなぜ西村さんの様子がおかしかったのかずっと気になってたんです。そしてその理由が最近わかりました」

「それはなんですか」

興味深そうに桐生が言うと、富永は鞄からタブレットを取り出した。桐生、心、合田が画面を覗き込んでいるのを確認してから再生ボタンを押す。

　そこには西村が一人で映っている。そしてこう言い出した。

『お久しぶりです。義兄さん。心ちゃんは元気でしょうか。今日は嬉しい報告があってご連絡しました。なんとのぞみの功績が認められて、義兄さんに総理大臣賞が贈られることになりました。それと千葉に新しいデータセンターを作りました。そのオープニングセレモニーと授与式にぜひ出席していただけないでしょうか？　義兄さんと僕で作ったＨＯＰＥもずいぶん大きくなりました。日本に戻るのは嫌かもしれませんが、ぜひ心ちゃんと一緒に。久しぶりに二人と会いたいです』

　あっと心が声を上げる。

「これって悟おじさんが送ってくれたビデオレター」

「そう、西村さんが桐生さんと心を日本に招くために送ったビデオレターだ。これが西村さんの社長室のパソコンに保存されてたんだ」

　そう富永が頷くと、桐生が首をひねった。

「けどこれってあの時見たやつと少し違うな……」

　すると、最後まで言い終えた画面の中の西村が頭を掻いた。

「うーん、ちょっと顔が固かったかな。もう一回」

　そして表情の筋肉を動かして、笑顔を作る練習をしている。

そこで桐生が気づいた。

「まさか、あいつ……こんな短いビデオメッセージを送るためにわざわざ練習してたのか」

「ええ、そうみたいです。こんな練習動画がいくつも保存されていました。それを前川さんに見つかるのが照れ臭くてごまかしたら、それが怪しく見えてしまったんですよ」

その時だ。桐生の目が涙で滲んだ。

「あのバカ、忙しいのにわざわざこんなことを……」

その涙を見て、富永ももらい泣きする。

「西村さんは、そういう人でした。桐生さんと心に日本に来てもらいたくて、笑顔の練習をするような、こんな簡単な動画を何度も何度も撮り直しするような、そんな、そんな優しくて誠実な人だった……」

西村の顔が頭に思い浮かび、思わず嗚咽《おえつ》してしまう。

「お久しぶりです。義兄さん……」

また画面の西村が語りかけてくる。

その笑顔を見て、桐生と富永はしばらくの間涙が止まらなかった。

本書は、映画『ＡＩ崩壊』（脚本　入江　悠）の
小説版として著者が書き下ろした作品です。

この物語はフィクションです。登場する個人・
団体等はフィクションであり、現実とは一切
関係がありません。

|著者| 浜口倫太郎　1979年奈良県生まれ。2010年、『アゲイン』（文庫は『もういっぺん。』に改題）で第5回ポプラ社小説大賞特別賞を受賞しデビュー。放送作家として『ビーバップ！ハイヒール』『クイズ！紳助くん』『たかじん胸いっぱい』などを担当。他の著書に『シンマイ！』『廃校先生』『神様ドライブ』『22年目の告白―私が殺人犯です―』『貝社員浅利軍平』などがある。

AI崩壊《エーアイほうかい》

浜口倫太郎《はまぐちりんたろう》

講談社文庫

定価はカバーに
表示してあります

2019年11月14日第1刷発行

発行者――渡瀬昌彦
発行所――株式会社　講談社
東京都文京区音羽2-12-21　〒112-8001
電話 出版（03）5395-3510
販売（03）5395-5817
業務（03）5395-3615

Printed in Japan

デザイン―菊地信義
本文データ制作―講談社デジタル製作
印刷―――大日本印刷株式会社
製本―――大日本印刷株式会社

ISBN978-4-06-517743-3

講談社文庫刊行の辞

二十一世紀の到来を目睫に望みながら、われわれはいま、人類史上かつて例を見ない巨大な転換期をむかえようとしている。

世界も、日本も、激動の予兆に対する期待とおののきを内に蔵して、未知の時代に歩み入ろうとしている。このときにあたり、創業の人野間清治の「ナショナル・エデュケイター」への志を現代に甦らせようと意図して、われわれはここに古今の文芸作品はいうまでもなく、ひろく人文・社会・自然の諸科学から東西の名著を網羅する、新しい綜合文庫の発刊を決意した。

激動の転換期はまた断絶の時代である。われわれは戦後二十五年間の出版文化のありかたへの深い反省をこめて、この断絶の時代にあえて人間的な持続を求めようとする。いたずらに浮薄な商業主義のあだ花を追い求めることなく、長期にわたって良書に生命をあたえようとつとめるところにしか、今後の出版文化の真の繁栄はあり得ないと信じるからである。

同時にわれわれはこの綜合文庫の刊行を通じて、人文・社会・自然の諸科学が、結局人間の学にほかならないことを立証しようと願っている。かつて知識とは、「汝自身を知る」ことにつきていた。現代社会の瑣末な情報の氾濫のなかから、力強い知識の源泉を掘り起し、技術文明のただなかに、生きた人間の姿を復活させること。それこそわれわれの切なる希求である。

われわれは権威に盲従せず、俗流に媚びることなく、渾然一体となって日本の「草の根」をかたちづくる若く新しい世代の人々に、心をこめてこの新しい綜合文庫をおくり届けたい。それは知識の泉であるとともに感受性のふるさとであり、もっとも有機的に組織され、社会に開かれた万人のための大学をめざしている。大方の支援と協力を衷心より切望してやまない。

一九七一年七月

野間省一